U0020070

星星都已經到齊了

張曉風

輯二　一半兒春愁，一半兒水

輯三　鞦韆上的女子

輯四　放爾千山萬水身

又一章

相見不恨晚

席慕蓉

曉風：

前幾天，和Ｓ一起搭捷運回淡水，閒談中，她忽然問我：

「你和曉風是這麼多年的好朋友了，彼此之間，就從來沒有過爭執和不愉快嗎？」

我在心裡用最快的速度倒帶，匆匆檢視了一下，還真舉不出什麼例子來呢。「爭執」偶爾會有，但全都是對一件事情或者一篇文章的看法各有差異，而「不愉快」就從來沒有發生過了。

為什麼呢？

我想，有好幾個原因，第一個原因應該就是——對你，我總覺得「相見恨晚」！

其實不只是對你，這裡面也包括好幾位摯友，你們彼此在很年輕的時候就互相認識了。但是，從民國五十三年到五十九年的夏天，我都遠在歐洲，學校的功課很重，又不容易讀到台灣的報刊雜誌，未曾親身參與你們那「耀眼的新綠」的時代；等到回國之後，急急忙忙地在妻子、母親、老師和畫畫的人這幾種狀態之中過日子，可以說，我的生活是遠在你們的世界之外。

當然，閱讀還是有的，也喜歡你的書，只是真正見識到你的「功力」與「魅力」，還是在你給我寫那一篇序文〈江河〉之時。

當你微笑著把稿子放在我手中的時候，我開始還不知道厲害，當時就打開來看了。可是，沒讀幾行，就覺得心中大慟，淚水幾乎要奪眶而出，才懂得這裡面的文字極其珍貴，是要拿回家中，當自己一切都準備好了之後，才可以打開來的。

你來訪談那天是第一次到我們龍潭的家，我們只談了三個多小時吧？這中間還包括到我的畫室裡，讓我把油畫一張張抽出來擺好的時間，包括海北插進來的話題，以及孩子們有時跑過來找我這個媽媽，我必須要分心來聆聽他們的說話；而你那天身體又不太舒服，很早就回台北了。

但是，我不知道原來我所有的一切都在那短短的三個多小時裡被你盡收眼底。而且，你還看見了我從來沒有看見過的自己——那深藏在漂泊的童年裡的難以依附的空曠與寂寞。

曉風，我從小就親近藝術與文學，也深受影響。但是，這是第一次有人用這樣的眼睛來注視我，用這樣的筆來點醒我，原來，就算是再怎麼零亂倉促的生活，一旦進入文學，就有可能重新找到生命本身那安靜透明更深更厚的本質。

那天晚上，當家人都入睡之後，我是一個人在燈下流著熱淚讀完這篇〈江河〉的，曉風，是你告訴了我，生命與生活之間的差異，是你，給了我極大的鼓勵。〈江河〉是寫給我第一本詩集《七里香》的序文，也是你給我上的第一堂課。

不過，兩年之後，你給我上的第二堂課卻是一種「阻攔」的手勢。

這阻攔在一封短信裡，這封信我一直保留到今天。信中，你由一首宋詩的第一句「書當快意讀易盡」，提到對我的第二本詩集《無怨的青春》讀後的一些感想，你說：

我總是不露痕跡的在焦急。
怕此冊之後無詩，當然也怕綿延不絕。

是很淡很淡的暗示，對我卻如當頭棒喝，心中的震撼難以形容。從你這兩行文字之中，我好像偷窺到一點天機，原來，生活與生命各有其誘惑，完全在於自己的選擇。

二十多年就這樣過去了，到了今天，我還能繼續享受與文學親近的樂趣，都要感謝你。感謝你寫了這封信並且把它寄出，給了我及時的警告。

曉風，我何其幸運！能夠收到這樣的一封信，能夠得到這樣的一位朋友。

前天晚上，開始讀你新書的初稿。

其實，這裡面有許多篇都是在剛發表的時候就看過了的，不過，現在聚攏來合成一集，就好像把十五年的光陰都放進一幅鳥靜花喧（這四個字是從你那裡偷來的）的長卷裡，寫生者時而重彩描繪，時而淡筆點染，彼此互相映照，在燈下再次細讀，只覺得眼前光影時時變幻，行間意象生生無窮，心裡真是又羨慕又妒忌啊！

想來，用十五年的時間來寫一本書是不冤的！（學你的語氣）

羨慕的是你的國學根柢，妒忌的是你的才情，而更深地觸動我的，是你的悲憫之心。

在〈鞦韆上的女子〉這一篇裡，你讓我這個胡人的子孫添了很多知識。原來，童年時在香港島上，和同學們爭玩的「秋千」，竟然來自北亞的游牧文化，是戎狄在暮春時節的遊戲，在先秦之時傳入漢地的。

你知道，我對「學者」一向敬畏，總覺得你們可以在又深又高的書架中間走來走去，你看，光是說明一個「鞦韆」，你就可以左抽右取又狠又準地隨手向我們丟出這麼一大堆的書來，而這些書上的句子又實在是稀奇有趣，你說，在這樣的人的面前，我如何能夠不覺得自卑？

更厲害的是，作為「寫作者」，你既有耐心，又有魔法，能夠上山下海一步一步地牽引著讀者走進那麼古老的典籍裡卻不覺得陌生與隔閡。就好像齊桓公啊、韓偓啊、張先啊這些人都住在我們隔壁，就好像兩千年或者一千年以前的春天，和我們此刻面對的春天一樣自然，一樣新鮮。

等到再慢慢讀下來，才能在那鞦韆的擺盪之間，體會到你的深意，你說：

> 女子在那如電光石火的剎那窺見了世界和春天。而那時候，隨風鼓脹的，又豈只是她繡花的裙襬呢？

不料，這鞦韆擺盪到篇末，還有轉折，你說：

> 然而，對我這樣一個成長於二十世紀中期的女子，讀書和求知才是我的鞦韆吧？……世界是如此富豔難蹤，而我是那個在一瞥間得以窺伺大千的人。

好傢伙！真是服了你了。我們本來是跟著你的鞦韆盪來盪去，只覺得春水如碧，林花撩亂，心裡歡騰騰的忽上忽下。忽然間，你又把我們從鞦韆上拉了下來，正顏對我們說：「嘿！知道嗎？鞦韆不算，春天不算，那女子繡花的裙襬不算，真正要隨風鼓脹的，是生命對這個世界的探索與追求，所以，讀書和求知才是我們真正的鞦韆，只有這樣，我們才能把自己大膽的拋擲出去。」

我想，在遠古的時光裡，你一定會是族群裡面那個最會說故事的人，每一個聆聽者都會從你的故事裡面得到他所需要的一些什麼，也許是誘惑，也許是撫慰，也許是勇氣。

曉風，我服了你了。

向你臣服也有很大的好處，譬如那一篇〈戈壁行腳〉簡直就是為我而寫的。這個「為我」在這裡意義非常單純，就是說，我們是同學，在課堂裡，你不但幫我聽課，幫我作作業，最後連老師發下來的考卷，你也替我代答了。所以我原來是個手忙腳亂只能拿個六十三分的學生，這次由於你的護航而得到了九十九分！

〈戈壁行腳〉這一篇當然是你寫的，但是，我也很想在幾年之後把它放到我的散文集子裡面去，這樣一來，對於民國八十年七月中的那趟戈壁之行，我從此就不必再寫一個字了！

因為，你說出了我所有心裡想說卻又不知道如何才能說出的話。譬如第六段的戈壁落日，我在心裡、在筆記本上不知道對自己提過多少次，可是一直沒能寫出來。只覺得這是「一生一會」，和知心的朋友散坐在戈壁的山丘之上，靜靜地觀看著夕陽墜落，我們和夕陽之間，隔著一層又一層，一層又一層的連綿起伏的丘陵，那暮色從極度飽和的各種紅紫藍綠之中逐漸褪成一種全然空茫的灰濛，我的心也好像被掏空了一樣。謝謝你說出了我在那一刻裡的「無助」。又譬如第一段的黃羊和第三段的夜眠，曉風，你不過只是一次行旅，卻真正碰觸到游牧文化裡幾千年來對生命的看待。我們的薩滿教相信萬物有靈，其實就是在浩瀚的蒼穹之下推己及「他物」，而沒有自命不凡。一如你看奔跑的黃羊如我們，一如你在穹廬中睡下之時的感覺：

我睡去，在不知名的大漠上，在不知名的朋友為我們搭成的蒙古包裡。在一日急馳，累得倒地即可睡去的時刻。我睡去，無異於一隻羊、一匹馬、一頭駱駝、一株草。我睡去，沒有角色，沒有頭銜，沒有愛憎，只是某種簡單的沙漠生物，一時尚未命名，我沉沉睡去。

當然，我會向讀者說明，這是在戈壁老師的課堂上，你幫我代答的考卷。而且，說不定為了爭取達到滿分的那一分，我會來做些補白。譬如你提到犛牛，我也許可以說一說在傍晚的時候，車子經過一處谷地，從車窗邊向上方微微探首，就可以看到一彎如鉤的新月、一片碧藍的天空，以及一兩隻犛牛安靜而又龐大的黑色剪影站在深暗的坡頂上，那天空就像絹印版畫上最均勻最純淨的底色，沒有一絲雜質。

譬如你提到在戈壁溪畔的烇肉。我也許可以補上幾句閒話：據說，韓國人也來到戈壁，也學會了如何做這種美味的蒙古烤肉，但是，回到韓國試做之時，韓國的石頭最後不是裂了就是碎了，原來，只帶回戈壁的食譜還不行，還得帶上在戈壁灘裡長大的冰裡來火裡去的好漢石頭。

書稿雖然已經編好了頁碼，不過還都是散置著的，所以我先從輯四看起，因為這裡面有兩篇寫蒙古，一篇提到印度、尼泊爾，這兩次旅程，我都曾與你同行，但是，雖說是同行，你那驚人的記憶力與深沉的洞察，都是我所萬萬不能及的。杜甫不是說：「安得思如陶謝手，令渠述作與同遊」。真好啊！曉風，不但可以與你同遊，還能夠讀到這麼精采的一篇〈戈壁行腳〉，我對自己說，不必恨晚了吧？

是的，能與你相見，其實也不必恨晚。縱然在青春之時不能相識，不能像高中和大學時代的好友，沒有任何負擔，可以朝夕相處。但是，那時候，所能共享的，也不過是短短的三、四年而已。而我們現在雖然各有自己必須去面對的人間煙火，並且暗自堅持不以這塵世間的煩瑣去打擾對方，然而，這二十多年來，能夠在文學的道路上與你共享許多美好的時刻，不正是「如切如磋，如琢如磨」？

啊！還有，又一章裡的〈開卷和掩卷〉，真是精彩！其實，不只是針對國文系的同學，其他任何一個科系的學生（包括我自己）如果能讀到這一篇，都會受用無窮。

不是只有學文學或者藝術的人需要有才情，即使是學物理，也需要有才情啊！而才情，就是「掩卷」時的觸發和省思吧？你這段話很有意思：

剛才所說的那位×君，如果在大四畢業之前只會開卷勤讀，而不會掩卷悲喜，他這一生就算做到中文系教授，也仍然是個「文學絕緣體」。

這兩天，早上在山上散步的時候，常常會想到你這本新書裡的一些細節。四月又來了，路旁農家的小果園裡，柚子樹正在開花，那香氣真是足以奪人心魂，並且會跟著我在山路上轉彎，一路跟著我走得好遠。

走到比較豁亮的山脊上，我停步俯視兩旁的美景，一邊是種滿了櫻樹苗的緩坡，一邊是細密的相思樹林，更遠處有一大片平坦的谷地，滿滿的都是正在長著新葉子的雜樹和灌木叢。在四月的陽光裡，那新綠萌發的油潤和明亮，那風的柔和，還有那潮濕的土地逐漸向上蒸騰的溫熱，都在同時滲進了我的肌膚，融入了我的血管，我整個身體好像就可以這樣站在山路旁，成為南國春日裡一株安靜而又滿足的樹木了。

而就在這同時，我的淚水潸然落下。

曉風，在輯二的那篇〈塵緣〉裡，你寫你陪著九十一歲的父親回到他離開了五十九年的故鄉——

我們到田塍邊謁過祖父母的墳，爸爸忽然說：

「我們就回家去吧！」

「家？家在哪裡？」我故意問他。

「家，家在屏東啊！」

我一驚，這一生不忘老家的人其實是以屏東為家的。屏東，那永恆的陽光的城垣。

曉風，我們的父親再是高壽，也都已逝去了，然而，我們對於父親的逝去，傷痛其實不只一端，有些疼痛是那種可以感覺到的烙印，有些卻是連自己也難以知曉的細微和輕微。

然而，卻恰恰就是這些細微與輕微的觸動，讓我在四月的陽光裡潸然淚下，讓我從你的悲傷裡，明白了我自己的悲傷。

曉風，我想到在蒙古長調裡，我們都深受感動的那種帶著微微的顫音，一層又一層迂迴曲折往靈魂深處尋去的唱法叫做「諾古拉」，就是「摺疊」之意。

而你的〈塵緣〉與〈不識〉這兩篇，就真如在遼闊的高原之上傳來的一首蒙古長調，迂迴而曲折，把許多悲傷與無奈都用絲絹一般的句子摺疊起來，有時候微微打開一些，再打開一些，帶著我一層一層往最深的疼痛裡走去，有時候卻輕輕抽回，止於最邈遠空茫之處，卻給我以難以形容的撫慰。

曉風，謝謝你，也謝謝你的書。

慕蓉　九十二年四月九日

「你欠我一個故事！」（代自序）

曉風

1

那個人，我不知道他的名字，卻和他打過兩次照面——也許是兩次半吧！

大約是民國八十年，我因事去北京開會。臨行有個好心又好事的朋友，給了我一個地址，要我去看一位奇醫，我一時也想不出自己有什麼大病，就隨手塞在行囊裡。

在北京開會之餘，發現某個清晨可以擠出兩小時空檔，我就真的按著地址去張望一下。那地方是個小陋巷，奇怪的是一大早八點鐘離醫生開診還有一小時，門口已排了十幾個病人，而那些病人又毫無例外的全是台胞。

他們各自拎個熱水瓶，問他們幹嗎？他們說醫生會給他們藥。又問他們診療費怎麼算，他們說隨便包，不過他們都會給上千元台幣。

其中有個清癯寡歡的老兵站在一旁，我為什麼說他是老兵？大概因為他臉上的某種烽煙戰塵之後的滄桑。

「你是從台灣過來的嗎？」

「是的。」

「台灣哪裡？」

「屏東。」

「呀！」我差點跳起來，「我娘家也住屏東，你住屏東哪裡？」

「靠機場。」

「哎呀！」我又忍不住叫了一聲，「我娘家就在勝利路呢！——那，你府上哪裡？」

「江蘇徐州。」

其實最後那個問題問得有點多餘，我幾乎早已知道答案了，因為他的口音和我父親幾乎是一模一樣的。

「生什麼病呢？」

「肺裡長東西。」

「吃這醫生的藥有效嗎？」

「好像是好些了，誰知道呢？」

由於是初次見面，不好深談人家的病，但又因為是同鄉兼鄰居，也有份不忍遽去之情。於是沒話說，只淡淡地對站著。不料他忽然說：

「我生病，我誰都沒說，我小孩在美國讀書，我也不讓他們知道，知道了又有什麼用？還不是白操心。他們唸書，各人忙各人的，我誰也不說，我就自己來治病了。」

「哎呀！這樣也不太好吧？你什麼都自己擔著，也該讓小孩知道一下啊！」

「小孩有小孩的事，就別去讓他們操心了——你害什麼病？」

「我？哎，我沒什麼病，只聽人說這裡有位名醫，也來望望。啊喲，果真門庭若市，我還有事，這就要走了。」

我走了，他的臉在忙碌的日程裡漸漸給淡忘了。

2

民國八十二年，我帶著父親回鄉探親，由於父親年邁，旅途除了我和母親之外，還請了一位護士J小姐同行。

等把這奇異的返鄉儀式完成，我們四人坐在南京機場等飛機返台。在大陸，無論吃飯趕車，都像在搶什麼似的心慌。此刻，因為機場報到必須提早兩小時，手續辦完倒可神閒氣定地坐一下。

我於是和J小姐起身把候機室逛了一圈。候機室不大，商場也不太有吸引力，我們走著走著，不知不覺在一位旅客面前停了下來。

J小姐忽然大叫了一聲說：

「咦？怎麼你也在這裡？」

我定睛一看，不禁同時叫了起來：

「咦？又碰到了，我們不是在北京見過面嗎？你吃那位醫生的藥後來效果如何？病都好了一點嗎？」

「唉，別提了，別提了，愈吃愈壞了，病也耽誤了，全是騙錢的！」

J小姐說，他們是鄰居，在屏東。

聊了一陣，等上飛機我跟J小姐說：

「他這人也真了不起呢？病了，還事事自己打點，都不告訴他小孩！」

「啊呀！你亂說些什麼呀？」J小姐瞪了我一眼，「他哪有什麼小孩？他住我家隔壁，一個老兵，一個孤老頭子，連老婆都沒有，哪來小孩？」

我嚇了一跳，立刻噤聲，因為再多說一句，就立刻會把這老兵在鄰里中變成一個可鄙的笑話。

3

白雲勤拭著飛機的窗口。

唉，事隔兩年，我經由這偶然的機緣知道了真相，原來那一天，他跟我說的全是謊言。

但他為什麼要騙我呢？他騙我，也並沒有任何好處可得啊！

想著想著我的淚奪眶而出：因為我忽然明白了，在北京那個清晨，那人跟我說的情節其實不是「謊言」，而是「夢」。

在一個遙遠的城市，跟一個陌生人對話，不經意的，他說出了他的夢，他的不可能實踐的夢；他夢想他結了婚，他夢想他擁有妻子，他夢想他有了兒子，他夢想兒子女兒到美國去留學。

然而，在現實的世界裡，他沒有錢，沒有地位，沒有學問，沒有婚姻，沒有子女，最後，連生命的本身也無權掌握。

他的夢，並不是誇張，本來也並不太難於兑現。但對他而言，卻是霧鎖雲埋，永世不能觸及的神話。

不，他不是一個說謊的人，他是一個說夢的人。他的虛構的故事如此真切實在，令我痛徹肝腸。

4

回到台灣之後，我又忙著，但照例過一陣子就去屏東看看垂老的父親，看到父親當然也就看到了照顧父親的J小姐。

「那個老兵，你的鄰居，就是我們在南京機場碰到的那一個，現在怎麼樣了？」

「哎呀，」J小姐一向大嗓門：「死啦！死啦！死了好幾天也沒人知道，他一個人，都臭了，鄰居才發現！」

啊！那個我不知道名字的朋友，我和他打過兩次半照面，一次在北京，一次在南京。另外半次，是聽到他的死訊。

5

十多年過去了，我忽然發現，我其實才是老兵做夢也想做的那個人。

我兒是建中人，我女是北一女人，他們讀完台大後，一個去了加州理工學院，一個去了N.Y.U。然後，他們回來，一個進了中研院，一個進了政大外文系，為人如果能由自己挑選命運，恐怕也不能挑個更好的了。

如果，我是那個陌生老兵在說其「夢中妄語」時所形容的幸運之人，其實我也有我的惶惑不安，我也有我的負疚和慚愧。整個台灣的安全和富裕，自在和飛揚，其實不都奠基在當年六十萬老兵的犧牲和奉獻上嗎？然而，我們何以報之？

去歲六月，N.Y.U在草坪上舉行畢業典禮，我和丈夫和兒子飛去美國參加，高聳的大樹下陽光細碎，飛鳥和松鼠在枝柯間跑來跑去，我們是快樂的畢業生家人。此時此刻，志得意滿，唯一令人煩心的事居然是：不知典禮會不會拖得太久，耽誤了我們在牛排館的訂位。

然而，雖在極端的幸福中，雖在異國五光十色的街頭，我仍能聽見風中有冷冷的聲音傳來：

「你，欠我。」

「我欠你什麼？」

「你欠我一個故事！我不會說我的故事，你會說，你該替我說我的故事。」

「我也不會說——那故事沒有人會說……」

「可是我已經說給你聽了，而且，你明明也聽懂了。」

「如果事情被我說得顛三倒四，被我說得辭不達意……」

「你說吧！你說吧！你欠我一個故事！」

我含淚點頭，我的確欠他一個故事，我的確欠眾生一段敘述。

6

然後，我明白，我欠負的還不止那人，我欠山川，我欠歲月。春花的清豔，夏雲的奇崛，我從來都沒有講清楚過。山巒的複奧，眾水的幻設，我也語焉不詳。花東海岸騰躍的鯨豚，叢山峻嶺中黥面的織布老婦，世上等待被敘述的情境是多麼多啊！

天神啊！世人啊！如果你們寬容我，給我一點時間，一點忍耐，一點期許，一點縱容，我想，我會把我欠下的為眾生該作的敘述，在有生之年慢慢的一一道來。

九十二．四．五．夜
細雨紛紛的清明，拖著
打石膏的右腿坐在輪椅上寫的

輯一／給我一個解釋

描容

1

有一次，和朋友約好了搭早晨七點的車去太魯閣國家公園管理處。不料鬧鐘失靈，醒來時已經七點了。

我跳起來，改去搭飛機，及時趕到。管理處派人來接，但來人並不認識我，於是先到的朋友便七嘴八舌把我形容一番：

「她信基督教。」

「她是寫散文的。」

「她看起來好像不緊張，其實，才緊張呢！」

形容完了，幾個朋友自己也相顧失笑，這麼一堆抽象的說詞，叫那年輕人如何在人堆裡把要接的人辨認出來？

事後，他們說給我聽，我也笑了，一面佯怒，說：

「哼，朋友一場，你們竟連我是什麼樣子也說不出來，太可惡了。」

轉念一想，卻也有幾分悵惘——其實，不怪他們，叫我自己來形容我自己，我也一樣不知從何說起。

2

有一年，帶著稚齡的小兒小女全家去日本，天氣正由盛夏轉秋，人到富士山腰，租了匹漂亮的栗色大馬去行山徑。低枝拂額，山鳥上下，「隨身聽」裡播著新買來的「三弦」古樂。抿一口山村自釀的葡萄酒，淡淡的紅，淡淡的芬芳……蹄聲得得，旅途比預期的還要完美……

然而，我在一座山寺前停了下來，那裡貼著一張大大的告示，由不得人不看。告示上有一幅男子的照片，奇怪的是那日文告示，我竟也大致看明白了。它的內容是說，二個月前有個六十歲的男子登山失蹤了，他身上靠腹部地方因為動過手術，有條十五公分長的疤口，如果有人發現這位男子，請通知警方。

叫人用腹部的疤來辨認失蹤的人，當然是假定他已是屍體了。否則憑名字相認不就可以了嗎？

寺前癡立，我忽覺大慟，這座外形安詳穩鎮的富士山於我是閒來的行腳處，於這男子卻是殘酷的埋骨之地啊！時乎，命乎，叫人怎麼說呢？

而真正令我悲傷的是，人生至此，在特徵欄裡竟只剩下那麼簡單赤裸的幾個字：「腹上有十五公分疤痕」！原來人一旦撒了手，所有人間的形容詞都頓然失效，所有的學歷、經驗、頭銜、土地、股票持分或勳功偉績全都不相干了，真正屬於此身的特點竟可能只是一記疤瘢或半枚蛀牙。

山上的陽光淡寂，火山地帶特有的黑土踏上去鬆軟柔和，而我意識到山的險巇。每一轉折都自成禍福，每一岔路皆隱含殺機。如我一旦失足，則尋人告示上對我的形容詞便沒有一句會和我平生努力以博得的成就有關了。

我站在寺前，站在我從不認識的山難者的尋人告示前，黯然落淚。

3

所有的「我」，其實不都是一個名詞嗎？可是我們是複雜而又嚕囌的人類，我們發明了形容詞——只是我們在形容自己的時候卻又忽然辭窮。一個完完整整的人，豈是能用三言兩語胡亂描繪的？

對我而言，做小人物並沒什麼不甘，卻有一項悲哀，就是要不斷的填表格，不斷把自己納入一張奇怪的方方正正的小紙片。你必須不厭其煩的告訴人家你是哪年生的？生在哪裡？生日是哪一天（奇怪，我為什麼要告訴他我的生日呢？他又不送我生日禮物）？家住哪裡？學歷是什麼？身分證號碼幾號？護照號碼幾號？幾月幾日在哪裡簽發的？公保證號碼幾號？好在我頗有先見之明，從第一天起就把身分證和護照號碼等一概背得爛熟，以便有人要我填表時可以不經思索熟極而流。

然而，我一面填表，一面不免想「我」在哪裡啊？我怎會在那張小小的表格裡呢？我填的全是些不相干的資料啊！資料加起來的總和並不是我啊！

尤其離奇的是那些大張的表格，它居然要求你寫自己的特長，寫自己的語文能力，自己的缺點……奇怪，這種表格有什麼用呢？你把它發給十年前的李登輝，他就會承認自己的特長是「做總統」嗎？你把它發給梁實秋，搞不好，他謙虛起來，硬是只肯承認自己「粗通」英文你又如何？你把它發給甲級流氓，難道他就承認自己的缺點是「愛殺人」嗎？

我填這些形容自己的資料也總覺不放心。記得有一次填完「缺點」以後，我乾脆又慎重的加上一段：「我填的這些缺點其實只是我自己知道的缺點，但既然是知道的缺點，其實就不算是嚴重的缺點。我真正的缺點一定是我不知道或不肯承認的。所以，嚴格的說，我其實並沒有能力寫出我的缺點來。」

對我來說，最美麗的理想社會大概就是不必填表的社會吧！那樣的社會，你一個人在街上走，對面來了一位路人，他攔住你，說：

「咦？你不是王家老三嗎？你前天才過完三十九歲生日是吧？我當然記得你生日，那是元宵節前一天嘛！你爸爸還好嗎？他小時頑皮，跌過一次腿，後來接好了，現在陰天犯不犯痛？不疼？啊，那就好。你妹妹嫁得還好吧？她那丈夫從小就不愛說話，你妹妹嘰嘰呱呱的，配他也是老天爺安排好的。她耳朵上那個耳洞沒什麼吧？她生出來才一個月，有一天哭個不停，你嫌煩，找了根針就去給她扎耳洞，大人發現了，嚇死了，要打你，你說因為聽說女人扎了耳洞掛了耳環就可以出嫁了，她哭得人煩，你想把她快快扎了耳洞嫁掉算了！你說我怎麼知道這些事，怎麼不知道？這村子上誰家的事我不知道啊？……」

那樣的社會，人人都知道別家牆角有幾株海棠，人人都熟悉對方院子裡有幾隻母雞，表格裡的那一堆資料要它何用？

其實小人物填表固然可悲，大人物恐怕也不免此悲吧？一個劉徹，他的一生寫上十部奇情小說也綽綽有餘。但人一死，依照諡法，也只落一個漢武帝的「武」字，聽起來，像是這人只會打仗似的。諡法用字歷代雖不太同，但都是好字眼，像那個會說出「何不食肉糜？」的皇帝，死後也混到個「惠帝」的諡號。反正只要做了皇帝，便非「仁」即「聖」，非「文」即「武」，非「叡」即「神」……做皇帝做到這樣，又有什麼意思呢？長長的一生，最後只剩下一個字，冥冥中彷彿有一排小小的資料夾，把漢武帝跟梁武帝放在一個夾子裡，把唐高宗和清高宗做成編類相同的案宗。

悲傷啊，所有的「我」本來都是「我」，而別人都急著把你編號歸類——就算是皇后，也無非放進鏤金刻玉的資料夾裡去歸類吧！

相較之下，那惹人訾議的武則天女皇就恍恍多了。她臨死之時囑人留下「無字碑」。以她當時身為母后的身分而言，還會沒有當朝文人來諛墓嗎？但她放棄了。年輕時，她用過一個名字來形容自己，那是「曌」（讀作「照」）是太陽，月亮和晴空。但年老時，她不再需要任何名詞，更不需要形容詞。她只要簡簡單單的死去，像秋來瘖啞萎落的一隻夏蟬，不需要半句贅詞來送終。她贏了，因為不在乎。

4

而茫茫大荒，漠漠今古，眾生平凡的面目裡，誰是我，我又復是誰呢？我們卻是在乎的。

明傳奇《牡丹亭》裡有個杜麗娘，在她自知不久人世之際，一意掙扎而起，對著鏡子把自己描繪下來，這才安心去死。死不足懼，只要能留下一副真容，也就扳回一點勝利。故事演到後面，她復活了，從畫裡也從墳墓裡走了出來，作者似乎相信，真切的自我描容，是令逝者能永存的唯一手法。

米開朗基羅走了，但我們從聖母垂眉的悲憫中重見五百年前大師的哀傷。而整套完整的儒家思想若不是以仲尼站在大川上的那一聲「逝者如斯夫！不捨晝夜」的長歎作底調，就顯得太平板僵直，如道德教條了。一聲輕輕的歎息，使我們驚識聖者的華顏。那企圖把人間萬事都說得頭頭是道的仲尼，一旦面對巨大而模糊的「時間」對手，也有他不知所措的悸動！那聲歎息於我有如二千五百年前的高傳真的錄音帶，至今音紋清晰，聲聲入耳。

藝術和文學，從某一個角度看，也正是一個人對自己的描容吧？而描容者是既喜悅又悲傷的，他像一個孩子，有點「人來瘋」，他急著說：

「你看，你看，這就是我，萬古宇宙，就只有這麼一個我啊！」

然而詩人常是寂寞的——因為人世太忙，誰會停下來聽你說「我」呢？

馬來西亞有個古舊的小城叫麻六甲，我在那城裡轉來轉去，為五百年來中國人走過的腳步驚喜歎服，正午的時候，我來到一座小廟。

然而我不見神明。

「這裡供奉什麼神？」

「你自己看。」帶我去的人笑而不答。

小巧明亮的正堂裡，四面都是明鏡，我瞻顧，卻只見我自己。

「這廟不設神明——你想來找神，你只能找到自身。」只有一個自身，只有一個一空依傍的自我，沒有蓮花座，沒有祥雲，只有一雙踏遍紅塵的鞋子，載著一個長途役役的旅人走來，繼續向大地叩問人間的路徑。

好的文學藝術也恰如這古城小廟吧？香客在環顧時，赫然於鏡鑑中發現自己，見到自己的青青眉峰，盈盈水眸，見到如周天運行生生不已的小宇宙——那個「我」。

某甲在畫肆中得一幅大大的瀰天蓋地的潑墨山水，某乙則買到一張小小的意態自足的「梅竹雙清」，問者問某甲說：「你買了一幅山水嗎？」某甲說：「不是，我買的是我胸中的丘壑。」問者轉問某乙：「你買了一幅梅竹嗎？」某乙回答說：「不然，我買的是我胸中的逸氣。」

描容者可以描摹自我的眉目，肯買貨的人卻只因看見自家的容顏。

——原載八十年四月七日《中國時報》人間副刊

給我一個解釋

1

後來，就再也沒有見過那麼美麗的石榴。石榴裝在麻包裡，由鄉下親戚扛了來。石榴在桌上滾落出來，渾圓豔紅，微微有些霜溜過的老澀，輕輕一碰就要爆裂。爆裂以後則恍如什麼大盜的私囊，裡面緊緊裹著密密實實的、閃爍生光的珠寶粒子。

那時我五歲，住南京，那石榴對我而言是故鄉徐州的顏色，一生一世不能忘記。和石榴一樣難忘的是鄉親講的一個故事，那人口才似乎不好，但故事卻令人難忘：

「從前，有對兄弟，哥哥老是會說大話，說多了，也沒人肯信了。但他兄弟人好，老是替哥哥打圓場。有一次，他說，『你們大概從來沒有看過颳這麼大的風——把我家的井都颳到籬笆外頭去啦！』大家不信，弟弟說：『不錯，風真的很大，但不是把井颳到籬笆外頭去了，是把籬笆颳到井裡頭來了！』」

我偏著小頭，聽這離奇的兄弟，自己也不知道自己被什麼所感動。只覺心頭甸甸的，跟裝滿美麗石榴的麻包似的，竟怎麼也忘不了那故事裡活龍活現的兩兄弟。

四十年來家國，八千里地山河，那故事一直尾隨我，連同那美麗如神話如魔術的石榴，全是我童年時代好得介乎虛實之間的東西。

四十年後，我才知道，當年感動我的是什麼——是那弟弟娓娓的解釋，那言語間有委曲、有溫柔、有慈憐和悲憫。或者，照儒者的說法，是有恕道。

長大以後，又聽到另一個故事，講的是幾個人在聯句（或謂其中主角乃清代畫家金冬心），為了湊韻腳，有人居然冒出一句：「飛來柳絮一片紅」的句子。大家面面相覷，不知此人為何如此沒常識，天下柳絮當然都是白的，但「白」不押韻，奈何？解圍的才子出面了，他為那人在前面湊加了一句，「夕陽返照桃花渡」，那柳絮便立刻紅得有道理了。我每想及這樣的詩境，便不覺為其中的美感瞠目結舌。三月天，桃花渡口紅霞烈山，一時天地皆朱，不知情的柳絮一頭栽進去，當然也活該要跟萬物紅成一氣。這樣動人的句子，叫人不禁要俯身自視，怕自己也正站在夾岸桃花和落日夕照之間，怕自己的衣襟也不免沾上一片酒紅。聖經上說：「愛心能遮過錯。」在我看來，因愛而生的解釋才能把事情美滿化解。所謂化解不是沒有是非，而是超越是非。就算有過錯也因那善意的解釋而成明礬入井，遂令濁物沉澱，水質復歸澄瑩。

女兒天性渾厚，有一次，小學年紀的她對我說：

「你每次說五點回家，就會六點回來，說九點回家，結果就會十點回來——我後來想通了，原來你說的是出發的時間，路上一小時你忘了加進去。」

我聽了，不知該說什麼。我回家晚，並不是因為忘了計算路上的時間，而是因為我生貪溺，貪讀一頁書、貪寫一段文字、貪一段山色……而小女孩說得如此寬厚，簡直是鮑叔牙。二千多年前的鮑叔牙似乎早已拿定主意，無論如何總要把管仲說成好人。兩人合夥做生意，管仲多取利潤，鮑叔牙說：「他不是貪心——是因為他家窮。」管仲三次做官都給人辭了。鮑叔牙說：「不是他不長進，是他一時運氣不好。」管仲打三次仗，每次都敗亡逃走，鮑叔牙說：「不要罵他膽小鬼，他是因為家有老母。」鮑叔牙贏了，對於一個永遠有本事把你解釋成聖人的人，你只好自肅自策，把自己真的變成聖人。

物理學家可以說，給我一個支點，給我一根槓桿，我就可以把地球舉起來——而我說，給我一個解釋，我就可以再相信一次人世，我就可以再接納歷史，我就可以義無反顧擁抱這荒涼的城市。

2

「述而不作」，少年時代不明白孔子何以要作這種沒有才氣的選擇，我卻只希望作而不述。但歲月流轉，我終於明白，述，就是去悲憫、去認同、去解釋。有了好的解釋，宇宙為之端正，萬物由而含情。一部希臘神話用豐富的想像解釋了天地四時和風霜雨露。譬如說朝露，是某位希臘女神的清淚。月桂樹，則被解釋為阿波羅鍾情的女子。

農神的女兒成了地府之神的妻子，天神宙斯裁定她每年可以回娘家六個月。女兒歸寧，母親大悅，土地便春回。女兒一回夫家，立刻草木搖落眾芳歇，農神的恩寵也翻臉無情——季節就是這樣來的。

而莫考來是平原女神和宙斯的兒子，是風神，他出世第一天便跑到阿波羅的牧場去偷了兩條牛來吃（我們中國人叫「白雲蒼狗」，在希臘人卻成了「白雲肥牛」）——風神偷牛其實解釋了白雲經風一吹，便消失無蹤的神祕詭異。

神話至少有一半是拿來解釋宇宙大化和草木蟲魚的吧？如果人類不是那麼偏愛解釋，也許根本就不會產生神話。

而在中國，共工與顓頊爭帝，怒而觸不周之山，在一番「折天柱、絕地維」之後，（是回憶古代的一次大地震嗎？）發生了「天傾西北，地陷東南」的局面。天傾西北，所以星星多半滑到那裡去了，地陷東南，所以長江黃河便一路向東入海。

而埃及的砂磧上，至今屹立著人面獅身的巨像，中國早期的西王母則「其狀如人，豹尾、虎齒，穴處」。女媧也不免「人面蛇身」。這些傳說解釋起來都透露出人類小小的悲傷，大約古人對自己的「頭部」是滿意的，至於這副軀體，他們卻多少感到自卑。於是最早的器官移植便完成了，他們把人頭下面換接了獅子、老虎或蛇鳥什麼的。說這些故事的人恐怕是第一批同時為人類的極限自悼，而又為人類的敏慧自豪的人吧？

而錢塘江的狂濤，據說只由於伍子胥那千年難平的憾恨。雅致的斑竹，全是妻子哭亡夫灑下的淚水……

解釋，這件事真令我入迷。

3

有一次，走在大英博物館裡看東西，而這大英博物館，由於是大英帝國全盛時期搜刮來的，幾乎無所不藏。書畫古玩固然多，連木乃伊也列成軍隊一般，供人檢閱。木乃伊還好，畢竟是密封的，不料走著走著，居然看到一具枯屍，赫然趴在玻璃櫥裡。淺色的頭髮，仍連著頭皮，頭皮綻處，露出白得無辜的頭骨。這人還有個奇異的外號叫「薑」，大概兼指他薑黃的膚色，和乾皺如薑塊的形貌吧！這人當時是採西亞一帶的砂葬，熱砂和大漠陽光把他存了四千年，他便如此簡單明瞭的完成了不朽，不必借助事前的金縷玉衣，也不必事後塑起金身——這具屍體，他只是安靜的趴在那裡，便已不朽，真不可思議。

但對於這具屍體的「屈身葬」，身為漢人，卻不免有幾分想不通。對漢人來說，「兩腿一伸」就是死亡的代用語，死了，當然得直挺挺的躺著才對。及至回國，偶然翻閱一篇人類學的文章，內中提到屈身葬。那段解釋不知為何令人落淚，文章裡說：「有些民族所以採屈身葬，是因為他們認為死亡而埋入土裡，恰如嬰兒重歸母胎，胎兒既然在子宮中是屈身，人死入土亦當屈身。」我於是想起大英博物館中那不知名的西亞男子，我想起在蘭嶼雅美人的葬地裡一代代的死者，啊——原來他們都在回歸母體。我想起我自己，睡覺時也偏愛「睡如弓」的姿勢，冬夜裡，尤其喜歡蜷曲如一隻蝦米的安全感。多虧那篇文章的一番解釋，這以後我再看到屈身葬的民族，不會覺得他們「死得離奇」，反而覺得無限親切——只因他們比我們更像大地慈母的孩子。

4

神話退位以後，科學所做的事仍然還是不斷的解釋。何以有四季？他們說，因為地球的軸心跟太陽成二十三度半的傾斜，原來地球恰似一側媚的女子，絕不肯直瞪著看太陽，她只用眼角餘光斜斜一掃，便享盡太陽的恩寵。何以有天際垂虹，只因為萬千雨珠一一折射了日頭的光彩，至於潮汐呢？那是月亮一次次致命的騷擾所引起的亢奮和委頓。還有甜沁的母乳為什麼那麼準確無誤的隨著嬰兒出世而開始分泌呢？（無論孩子多麼早產或晚產）那是落盤以後，自有訊號傳回，通知乳腺開始泌乳……科學其實只是一個執拗的孩子，對每一件事物好奇，並且不管死活的一路追問下去……每一項科學提出的答案，我都覺得應該洗手焚香，才能翻開閱讀，其間吉光片羽，在在都是天機乍洩。科學提供宇宙間一切天工的高度業務機密，這機密本不該讓我們凡夫俗子窺伺知曉，所以我每聆到一則生物的或生理的科學知識，總覺敬慎凜慄，心悅誠服。

詩人的角色，每每也負責作「歪打正著」式的解釋，「何處合成愁？」宋朝的吳文英作了成分分析以後，宣稱那是來自「離人心上秋」。東坡也提過「春色三分，二分塵土，一分流水」的解釋，說得簡直跟數學一樣精確。那無可奈何的落花，三分之二歸回了大地，三分之一逐水而去。元人小令為某個不愛寫信的男子的辯解也煞為有趣：「不是不相思，不是無才思，遶清江，買不得天樣紙。」這麼寥寥幾句，已足令人心醉，試想那人之所以尚未修書，只因覺得必須買到一張跟天一樣大的紙才夠寫他的無限情腸啊！

5

除了神話和詩，紅塵素居，諸事碌碌中，更不免需要一番解釋了，記得多年前，有次請人到家裡屋頂陽臺上種一棵樹蘭，並且事先說好了，不活包退費的。我付了錢，小小的樹蘭便栽在花圃正中間。一個禮拜以後，它卻死了。我對陽臺上一片芬芳的期待算是徹底破滅了。

我去找那花匠，他到現場驗了樹屍，我向他保證自己澆的水既不多也不少，絕對不敢造次。他對著夭折的樹苗偏著頭呆看了半天，語調悲傷的說：

「可是，太太，它是一棵樹呀！樹為什麼會死，理由多得很呢——譬如說，它原來是朝這方向種的，你把它拔起來，轉了一個方向再種，它就可能要死！這有什麼辦法呢？」

他的話不知觸了我什麼，我竟放棄退費的約定，一言不發地讓他走了。

大約，忽然之間，他的解釋讓我同意，樹也是一種自主的生命，它可以同時擁有活下去以及不要活下去的權利。雖然也許只是調了一個方向，但它就是無法活下去，不是有的人也是如此嗎？我們可以到工廠裡去訂購一定容量的瓶子，一定尺碼的襯衫，生命，卻不能容你如此訂購的啊！

以後，每次走過別人牆頭冒出來的，花香如沸的樹蘭，微微的失悵裡我總想起那花匠悲冷的聲音。我想我總是肯同意別人的——只要給我一個好解釋。

孩子小的時候，做母親的糊裡糊塗地便已就任了「解釋者」的職位。記得小男孩初入幼稚園，穿著粉紅色的小圍兜來問我，為什麼他的圍兜是這種顏色。我說：「因為你們正像玫瑰花瓣一樣可愛呀！」「那中班為什麼就穿藍兜？」「藍色是天空的顏色，藍色又高又亮啊！」「白圍兜呢？大班穿白圍兜。」「白，就像天上的白雲，是很乾淨很純潔的意思。」他忽然開心的笑了，表情竟是驚喜，似乎沒料到小小圍兜裡居然藏著那麼多的神祕。我也嚇了一跳，原來孩子要的只是那麼少，只要一番小小的道理，就算信口說的，就夠他著迷好幾個月了。

十幾年過去了，午夜燈下，那小男孩用當年玩積木的手在探索分子的結構。黑白小球結成奇異詭祕的勾連，像一紮緊緊的玫瑰花束，又像一篇佈局繁複卻條理井然無懈可擊的小說。

「這是正十二面烷。」他說，我驚訝這模擬的小球竟如此匀稱優雅，黑球代表碳、白球代表氫，二者的盈虛消長便也算物華天寶了。

「這是赫素烯。」

「這是……」

我滿心感激，上天何其厚我，那個曾要求我把整個世界一一解釋給他聽的小男孩，現在居然用他化學方面的專業知識向我解釋我所不了解的另一個世界。

如果有一天，我因生命衰竭而向上蒼祈求一兩年額外加簽的歲月，其目的無非是讓我回首再看一看這可驚可歎的山川和人世。能多看它們一眼，便能多用悲壯的，雖注定失敗卻仍不肯放棄的努力再解釋它們一次。並且也欣喜地看到人如何用智慧、用言詞、用弦管、用丹青、用靜穆、用愛，一一對這世界作其圓融的解釋。

是的，物理學家可以說，給我一個支點，給我一根槓桿，我就可以把地球舉起來——而我說，給我一個解釋，我就可以再相信一次人世，我就可以接納歷史，我就可以義無反顧的擁抱這荒涼的城市。

——原載七十九年三月二十三日《中國時報》人間副刊

夢稿

啊！我又夢見自己在飛了！

我說「又」，是因為以前常做這種夢，進入中年不知為什麼便自動關閉了夢中的飛行系統，變成一架徹徹底底的陸地行腳的機械。

從前那種夢中之飛，倒也不是真飛，而是滑翔。夢中的我只要稍一借力，便立刻可以彈起，每彈起一次可以飄上一百公尺，高度則大約在五層樓上下。

那種夢，我常做，因為太常做了，最後竟有點熟門熟路起來。每次出現這種動作，我竟會偷偷的對自己說，哎，好好享受這一刻吧，這是夢啊！夢中能飛，大約是由於生性浪漫，而一邊飛卻一邊又知道是夢境，大約是由於冷靜。冷靜的浪漫恐怕不能長久。

果真，後來這種夢便稀少了。人總不能一輩子賴皮做潘彼得吧？我對自己失落的飛翔夢也只好任由之。雖然，滿心泰然中總不免夾一絲悵然。

昨天是丙子年的年初二，我徹夜寫稿到清晨六時。因為坐在前廊寫，一個瞌睡醒來，猛見微明的天光，居然六點了。嚇得一躍而起，趕到床上去補一覺。不睡不行，丈夫正住院，嫌醫院飯涼，我答應給他送一頓熱中餐，現在趕睡三個小時，起來做事才不會迷糊出錯。

所以說，我不算是個快樂的女人，至少此刻不是，丈夫在年前一個禮拜生了病。午夜二時半，他忽然叫痛，飛車送到醫院，檢查出來是肝上長了個膿瘍，醫生吊起點滴打抗生素，沒日沒夜的打，除夕和初一各放了六小時的假，准許他回家過年。而我自己，則為揮之不去的關節炎所苦，過年一忙，情況不免加劇，我也懶得理它，連中共飛彈都不管了，誰還管你小小關節炎。

而這不快樂的女人卻做了一個快樂的夢，在清晨六時到九時之間。

我夢見自己不知怎麼回事，突然便擁有了飛行的能力。我起先還不相信，但試驗幾次以後便明白了，原來我是會飛的！我並沒有長出翅膀來，但飛行原來也並不需要翅膀，你只需將身體一縱，即可入雲，必要的時候則划幾下手臂以便轉彎。

我大半的時間都飛得不高，因為留戀人世吧？我總是一面飛一面看下面的人和景。奇怪的是大部分的人並沒有發現頭上多了我這個「不明飛行物」，他們的習慣是走路不抬頭的。他們只自顧自的活著，但偶然也有一兩個人會看見我，也有人為我鼓掌。我有點慚愧，我不配擁有那掌聲，因為會飛並不是我努力而獲得的，我莫名其妙地擁有了這種超能力，而我也並不知道自己會在那一剎那又失去這種超能力，既然如此，我就不應該接受掌聲。

我有時也飛過高山和海洋，奇怪的是我居然看到海洋裡巨大的水母，水母令我著迷，他們那半透明的鐘形身體對我而言等於文學和藝術，因為它是半實半虛欲闔還開的（「實」的是歷史，「虛」的是鬼扯淡，只有「假作真時真亦假，無為有時有還無」才是文學藝術）。我為那水母的美深深感動了，以致飛離海洋之後，滿眼仍是那水母美麗優雅的開闔收放。

我為什麼會夢見水母，也許是因為去年九月全家去作了一次阿拉斯加之遊。那次旅行的重點是豪華遊輪、鯨魚和冰川。不知為什麼回到我夢裡的卻是只剩下那些瀲灩波光中神祕的水母。事實上我在阿拉斯加看到的水母只不過大如拳頭——嬰兒的或成人的拳頭，夢中的水母卻大如橡木酒桶，原來牠們都偷偷長大了，在我的夢裡長大的。

飛著飛著，我看見低處有個人，我於是低空掠飛，去和那人說話。那人原來是個白種男人，我向他形容水母的樣子，我說：

「你能不能告訴我這個東西的英文字怎麼拼法？」

這男人很善良，他抬頭用英文對著我大叫起來：

「喂！你瘋了嗎？你真笨啊！你形容的這種東西我知道，但它的學名我一時也說不上來，就算我知道我也不要告訴你！你要知道，這麼簡單的事，你一查百科全書就立刻可以知道的。可是，你知道嗎？你會飛呀！你真的會飛呀！這是不得了的事呀！我要是跟你一樣會飛，我就會一直飛，我就會專心飛，我才不去管它那個字怎麼拼法！笨呀！」

我吃他一罵，不禁自惕，趕緊飛開。啊！他說的對，任何一本百科全書都可以告訴我水母怎麼拼，但飛行卻不是人人都能擁有的權利。

醒來後我果真去查書，原來是Jellyfish「果凍魚」。我其實是知道這個字的，不知怎的夢裡竟忘了。我想我有點猜得出端倪來了，想必我生平對自己的英文程度老覺得有點遺憾，連夢裡也在為自己不會某字的拼法而不安。但那人罵得有理，能飛的人則該飛，飛的時候能看到什麼則該看，至於字怎麼拼，根本是小事一樁，不該成為罣礙。

夢裡，我繼續飛。忽然，有一棵極美麗的花樹出現了，花瓣是白的，五出，葉子則翠碧透明。我一看之下竟不能自持，只得急急飛降下來。但是，要看花，需要高度的飛行技巧，因為在空中停留並不容易，急煞和急轉都使人容易墜落塵埃。然而，那花令我落淚，我忍不住冒險盤桓。

對於水母，我至少說得出它的中文名字，面對這花，我卻連名字也叫不出。可是我知道我一定見過它，一定的。至於何時何地見過，我也說不上來。但它不是櫻，台灣的山櫻一般開成尖錐狀，不似日本櫻花花瓣平舒。只是我的夢中花雖然花瓣平舒，卻有綠葉相襯，益見其粉翠互照之美。日本櫻盛開時卻是不雜一片葉子的。夢中花也不是梨花梅花，梨花梅花比較纖細，這花的直徑卻有四、五公分長，每瓣的寬度也到達二公分。它也不是杏花李花，因為是單瓣。它的花形略近陽明山徑上早春開在岩壁上的山茱萸，真真是翡翠珍珠的璧合。然而山茱萸的花只有四瓣，這花卻五瓣（山茱萸偶然也作五瓣，不知怎麼回事）。並且山茱萸是灌木，我的夢中花卻是一株兩人高的枝幹虯結如怒濤如蛟龍的樹。它又有點像西湖湖心小島上的山楂花，但山楂卻作水紅胭脂色，不似夢中花的皎白亮潔。

它是誰？我連它的名字都說不上來，它卻是令我在夢中墮淚乃至折翼的花樹。它沒有做什麼，它只是開了花，它只是用花發了言，它甚至都還沒有開到十分飽滿，只是怯怯的試探的開了幾枝，就令我目醉神迷，不能自已。

我墮地了，有人跑過來，說：

「喂，學校說，叫你把學生的簿本費收好，交上去，你不在，我替你收了，」她塞給我一把零錢，「你自己去繳吧！」

我捧了那把煩瑣的零錢跑去趕公車。但是大概久慣飛行，我幾乎忘了上車投幣的規矩，我胡亂掏了錢，匆匆投下，擠進車廂。那車卻好像是香港巴士，兩層，我坐在下層，有個坐在我右側的女孩走來，說：

「我常看你飛呢！你親我一下好嗎？」

她說的是真的，我飛的時候的確常碰到她仰望的目光，我親了她的頰。

忽然，左邊的女孩也叫起來：

「也親我一下！」

我愣住了，不行，這種事，是可一不可再的，我搖搖頭。

「為什麼，你親了她，為什麼我就不行？」

我不知道怎麼告訴她，一次是可以的，第二次就不好了，我不要成為公眾人物，我不要應人要求做反覆的動作。她不依，喋喋怨罵，然而，就在這時候我獲救了，九點半了，我醒了。

我衝進廚房燉雞湯，及時把午餐送去醫院。

我對這夢好奇，我對自己好奇，所以我照實記錄了這夢，而夢大約總是在可解與不可解之間。三、四千年前的占卜官，清晨起來，在一片白淨的牛的肩胛骨上記載下君王的美夢或噩夢。我手下沒有占卜官，只好自己動手來記，以供他日有空閒也有心情的時候，好好研究自己之用。

唉，如果沒有那棵美得令人折翼的花樹就好了，如果沒有那些白紛紛馥郁郁如雪似霰的花瓣就好了，我就可以繼續高飛。然而，我好像也並不遺憾，為一棵心事爭發的花樹而墮落塵埃，我其實是不悔的。

——原載八十五年七月七日《中國時報》人間副刊

我撿到了一張身分證

似乎，事情如果不帶三分荒謬，就不足以言人生。

有個朋友Y，明明是很好的水墨畫家，卻有幾分邋遢習性，畫作上不知怎的就會滴上幾點不經意而留下的墨跡，設計家W評此事，說：

「嗯，這好，以後鑑定他的畫就憑這個，不滴幾滴墨點的，就不算真跡。」

聖人的生命裡充滿聖蹟，偉人的生命裡寫滿了勳業，但凡人的生命則如我那位朋友的畫面，一方面縱橫著奇筆詭墨，一方面卻總要滴上幾滴無奈的濃濃淡淡的黑墨點子。

就像黑子是太陽的一部分，墨點也必須被承認為畫面的一部分。噯！我且來說說我近日生活中的一滴暈散在素面畫紙上的墨點吧！

事情是這樣的，我的身分證掉了，我自己並不知道。直到有一天我去辦公室影印一份唐詩資料才警覺。那資料是一首短歌謠，只占半頁。我環保成性，總認為剩下半頁太可惜（雖然用的是舊紙的反面），便打算找出身分證來湊合著印，反正，身分證影本是個不時需要的文件。

但是，糟糕，它竟然不在我的皮包裡，我匆匆印完資料，把自己從全唐詩的巨帙裡拉回現實，並且追想我最後一次看到身分證是在什麼時候？啊，身分證真是一件詭異的事物——我是我，我確確實實的活著，然而一旦沒有那張巴掌大的小東西來證明我是我，我就會忽然變得什麼都不是。

一百六十公分的一個人沒人承認，人家只承認六公分乘以九公分的那張小紙片。

唉，我的那張小紙片在哪裡呢？我把資料丟在一旁，苦思冥想起來，一時大有「不了此事，誓不為人」的氣概。想著想著，倒也被我想起一些端倪來了，上一次，好像是去電視台；上楊照的節目，事後得了一筆錢，他們曾跟我要身分證影本供報帳，我便去印了給他們。

然而，那一次，我是在哪裡影印的呢？會不會影印完了我就把它放在影印機裡忘了拿走了？想到這裡不禁悲從衷來，覺得在此茫茫五百萬人口的大城裡，走失了一個「我」。也不知這個「我」流落何方？為何人所撿拾？悲傷啊！我怎麼都不知道「我」已成為失蹤人口？

我似乎是在統一超商影印的，家附近這種店有好幾家。趁著一個不用上班的星期天，我掛著一副悲戚的面容去一一走訪，彷彿去尋找「失蹤老人」或「失蹤小孩」，我殷殷打聽：

「請問有沒有人在影印機裡撿到一張身分證？」

咦？原來還真有，好心的店員拿給我看，有身分證，也有駕照，然而那一把證件上的人都不是我。我瞪著照片上那一雙雙的眼睛默默致意，希望它早日給認領回去。我繼續一家家去找，終於絕了望，嗒然返家。

彷彿是一場「自我追尋」的心理遊戲，卻碰了壁。我找不到「我」了，「我」消失了。更可怕的是，「我」可能淪落了。

這才開始悲傷起來，聽說有人專盜人家身分證去冒用，我的不必盜，只消撿就可以了。被冒用的身分證會變成什麼下場呢？聽說有的會賣給非法入境的人，而非法入境的女人會和色情業掛鉤，於是會有一個「我」出現在風月場中，這種事想像起來也令人魂飛魄散！又聽說有人會拿這種身分證去登記公司，於是「我」就成了董事長，人家就利用「我」去騙財，不久，「我」就有了上億的債務！啊，那張出走的「我」是可能給人家逼著去幹出各種事來的啊！「我」可以是任何人家派定的角色！

第二天是星期一，我下定決心去戶政事務所跑一趟，萬事之急，莫如此事之急。總算我還有一張戶籍謄本、一枚印章，和三張照片來作為輔佐證據，證明我自己的確是一具活著的合法生物。

我估量一下時間，電話中他們雖保證只消半小時就會辦好補發手續，但加上來去的車程，少說也要花掉一個半小時。而一個半小時是生命中多麼不可彌補的損失啊！這一個半小時如果拿來對月、當花、與朋友聊電話、為自己煮一餐端端整整的海鮮義大利麵，對著公園裡一隻小鳥發痴發楞都不算浪費，唯獨拿去辦人間繁瑣無聊的手續才真是冤哉枉也！

我一面換衣服一面恨自己，恨自己糊塗大意，因此必須付上一個半小時的「生命耗損」以為懲罰——要知道，這一個半小時是永世永劫都扳不回來的啊！我感到像守財奴掉了金子一般揪心扒肝的痛。

衣服是一套去年在廣西陽朔外貿街買的水洗絲休閒服。外貿街，是我取的名字，其實是條老街，但專做老外生意。這件衣服介於藍綠色之間，鬱鬱的，像陰天的海水。衣服的質地極其柔軟，觸手柔滑如液體，我的心情稍稍好了一點。當下決定辦完手續便去朋友推薦的一家咖啡店，享受一杯咖啡，外加一塊玫瑰蛋糕。他在詩作裡曾經提過「玫瑰餅」害我垂涎，事後他坦白對我說，其實是玫瑰蛋糕，但因為湊韻律，所以改成「玫瑰餅」。詩人也真有點可惡，為了押韻竟竄改事實，散文家就比較老實。

但是，且慢，如果去喝咖啡，豈不浪費的時間更多了嗎？不，對我而言喝咖啡不叫浪費時間。生活裡的許多事都像音樂上的板眼，一個小節接著一個小節，一個二分音符等於二個四分音符，一切都得照節奏來，徐疾不得有誤。但喝咖啡的時間等於是那個延長符號，而延長符號是不納入節拍的，你愛拉多長便拉多長，它是時間方面的「外國租界」地，不歸本土管轄。它又像打籃球時叫一聲「暫停」，於是那段時間便不計在分秒必爭的戰局裡。

然而，荒謬的事發生了！就在此刻，正在我要離家去辦身分證補發申請，卻忽然覺得夾克的內層口袋裡有個怪怪的硬卡，伸手一摸，天哪，竟是我那「眾裡尋它千百度」的身分證，我以為自己永世再也見不到「我」。證上的舊日照片與我互視良久，我把它重新放入皮包。喜悅興奮當中也不免微微失望，因為不必出門了，那杯咖啡也就取消了。

這天早上我感覺恍若撿到了一張身分證，而既然有了這張身分證，我便可以冒用上面的資料好好活下去！我好像又有理由來憑恃而可以在這個城市裡立足了。我撿到了一個「我」——在我以為我們彼此已失之交臂的剎那。重逢不易，自宜珍惜。

這場前因後果說來真有點荒謬，不過，我不是已經說過了嗎？事情如果不帶三分荒謬，就不足以言人生。

好，我這樣告訴自己：

我撿到了一張身分證，在我夾克的內層口袋裡。仔細勘驗一下，這身分證上的女子其實蠻不錯哩！

她有個很令人怦然心動的職業，她是個文學教師，她可以憑著告訴別人何以「庭院深深深幾許」是個美麗的句子而謀得衣食。讓我且來冒充她，好好登壇說法，好讓頑石也點頭。

她且有個不錯的男子為丈夫，讓我也來扮演她，跟這個男子結緣相處。

還有，她的住址也令我羨慕，我打算頂她的名，替她住在那棟能遮風避雨的好屋子裡，並且親自澆灌她養大的蘭花和馬拉巴栗樹。

啊！容許我來認真的做一做她吧！

——原載八十七年五月十二日《聯合報》副刊

母親・姓氏・里貫・作家

兒子小時，大約三、四歲，一個人到家門口的公園去玩。有人來問他籍貫，他說：「我是湖南人，我妹妹也剛好是湖南人，我的爸爸和爺爺、奶奶都是湖南人，只有我媽媽是江蘇人。」

他那時大概把籍貫看成某種血型，他們全屬於一個整體，而媽媽很奇怪，她是另類。這個笑話在我們家笑了很多次，但每次笑的時候，我都悄悄生疼，從每一吋肌膚，每一節骨骸。

我有個同學，她說她母親當年結婚時最強烈的感覺便是「單刀赴會」。形容得真是孤淒悲壯，讓人想起：「風蕭蕭兮易水寒，淑女一去兮不復還。」父系中心的社會，結構完整嚴密，容不得女子有什麼屬於她自己的面目，我的兒子並不知道他除了姓林，也該姓二分之一的張，籍貫則除了是湖南長沙，也包含江蘇徐州。

母親生養了孩子，但是她容許孩子去從父姓。其實姓什麼並不重要，生命的傳遞才是重點，正如莎士比亞說的：

「我們所謂的玫瑰，如果換個名字，不也一樣芳香嗎？」可貴的是生命，是內在的氣息，而不是頂在頭上的姓氏或里貫。

晚明清初，有本書寫得極好，叫《陶庵夢憶》。顧名思義，作者當然應該姓陶。其實不然，作者的名字叫張岱。為什麼姓張的人卻號陶庵呢？簡單的說，就是作者在從事懷舊的、委婉的書寫之際，不自覺的了解到自己也有屬於母親的、屬於女性的一面。而他的母親姓陶，他就自號「陶庵」。

也許只有那顆纖細的敏感的作者之心，才會使他向母親的姓氏投靠。

張岱的情況更特別一些，他是遺民，身經亡國之痛。他勉強活下來，是因為想用餘年去追述一個華美的、消失了的王朝。他渴望為逝去的朝代作見證並盡孝道，大明朝是他的父親，也是他的母親。

英國出生於二十世紀初的劇作家傅萊（寫過*The Lady's not for burning*）把自己的姓和宗教，都改成了外婆的，他本姓哈瑞斯，十八歲才改的。

近代作者中直截了當用筆名來表達皈依母親之忱的便是魯迅了。魯迅原姓周，叫周樹人，與周作人是兄弟，並享盛名。魯迅算是第一個寫現代小說的作者，有趣的是他的小說背景永遠繞著魯鎮打轉，「魯」是周樹人母親的姓，他選擇這個姓來作自己的筆名，似乎有意向父系社會的姓氏制度挑戰。一生下來便已被命名為周樹人是他無法抗議的，但當他有機會給自己安排一個新名字，他便選擇姓母親的魯。

附帶一提的是，魯迅的筆一向辛辣犀利，挖苦阿Q或孔乙己絲毫不留餘地，但他筆下的女性卻在堅苦卓絕中自有其高貴而永恆的刻痕，如華大媽，如夏四奶奶……。

改姓改得更晚的是台大外文系的黃毓秀，在她改姓母親的姓氏「劉」之前，其實常建議同學叫她「毓秀」老師。

還有一位在桃園監獄中服刑的年輕人，忽然從「天人菊寫作班」學會了寫作，生命也因而重新翻了一翻，他為自己取了個筆名叫蘇柟，他的理由如下：

> 因為我最最偉大、最親愛的媽媽姓蘇，她常常向我們抱怨，家裡三個小孩沒人和她同姓，無人和她同心？每回鬧彆扭，都嚷著說，你們這些姓鄭的如何怎樣、怎樣如何的。所以，我的筆名一定要和媽媽同姓。

作家大概是最容易為母親打抱不平的人，最容易向弱勢母親認同的人。

當代作家中的余光中，其身分證上法定籍貫雖是福建永春，但他少年時期一向認同的卻是母親的故里，江南煙水之地。

下一次，當有人問及我們姓氏里貫之際，讓我們——至少在心裡——也承認母親的這一邊的姓氏里貫吧！

——原載八十八年五月號《台北畫刊》雜誌

如果有人罵你「隔聊」

如果有人向你說一句話，那聲音聽起來是這樣的：

「你是『隔聊』！」

你一定納悶：

「『閣聊』或『閣僚』是什麼呀？『閣揆』倒聽過，『閣僚』難道是指行政院裡的僚屬嗎？」

「哼，我說的不是你說的那兩個字！」

唉，中文同音字太多了！你只好請對方再用字的形狀來表述一番。

於是他回答：

「『獦』嘛，就是犬字旁加一個諸葛亮的葛。『獠』嘛，就是遼遠的遼，換個犬字邊！這兩個字讀作『隔聊』。」

「那，『獦獠』又是什麼意思？兩個字都有犬字邊哩！是一種新品種的寵物嗎？」

「哼！碰到你這種沒學問的人真把人活活氣死！獦是介乎狼和狗之間的野獸，獠，是中國西南方的蠻夷（順便一提，獠有四個唸法，『遼、了、老、找』），我說你是『獦獠』，是指你是野蠻人，是禽獸。唉！罵了你還要負責向你解釋罵詞的意義，也真累呀！」

罵人，其實是很大的學問。理論上，人有一根舌頭，這舌頭可以說讚美的話，可以傳遞安慰之聲，可以唱出九天之籟，可以提出睿智的見解以解人之惑，可以用夢寐的聲音說它一輩子情話……，但以上純屬理論。在現實生活裡，我看大多數人的舌頭，經常磨得光光利利，並且專事罵人。原來罵人是人類非常重要的生活手段，當然，也是極艱難的語言藝術。人性概本惡吧？故嘉言懿語，百世一聞，訾詬謾罵，則每條街上皆時時可聽到。而且，讚美十之八九為虛情假意，但罵人之言，除了極少數例外，倒是鮮血淋漓，貨真價實。

罵人當然必須有罵詞，罵詞又分兩大系統：第一是名詞系統，第二是動詞系統。名詞系統仔細分來又有兩支，其一是純名詞（如「你是豬」、「你是王八蛋」），其二是加了形容詞的名詞（如「你是爛貨」、「你是笨豬」）。至於動詞，則多和性動作有關，對老中而言，聽老外罵人一句「上帝咒詛你」不禁納悶，想，這怎麼會是髒話呢？但對老外而言，兩情相悅的床上活動又怎麼兼為罵人之用了？但我華夏文化畢竟博大精深，如今老外也見賢思齊，也常用性動詞罵人了。但他們畢竟文化尚淺，所以只會罵動詞，而不解在動詞的兩端加上主詞和受詞。故還是輸華人一著。

曾經有一個時代，如果你罵一個男人：

「你簡直是個娘兒們！」

他受此奇恥大辱，將你一刀斃命，觀者（也就等於今日的陪審團吧！）會認為你罪有應得，誰叫你罵人罵得如此狠絕呀！

莎劇中也有類似的罵詞，如果翻得傳神一點，就是：

「哼，像你這樣沒種的貨色，你的名字該叫做『女人』！」

高貴的人類遭罵為髒卑的豬，這叫「罵人」。勇壯的男人被罵成了愚蠢下賤的女人，這也叫「罵人」。噢！原來「女人」一詞是用來罵人的話！

如果你是個天真無邪的人，或者說，你是台灣諺語中所形容的「天公所疼愛」的那種憨楞楞的人，如果你並不覺得對女孩子說「呀！你英風颯颯，真是女中丈夫」是讚美，也不認為對男人說「你看你！一副娘娘腔」是訾詬，那麼，你自自然然不費吹灰之力就已經到達了范仲淹所說的「寵辱皆忘」的境界。

別人讚你，你不覺增加了什麼，因而並不覺得飄飄然。別人罵你，你不覺得遭受了什麼屈辱，心頭沒有怨恨交織的煎熬，那是多大的解脫啊！

據說有人去法院申告，說，有人罵他是河馬——在二十年前。法官不禁好奇：

「那麼，為什麼你等了二十年才來告狀呢？」

呢？

「因為，」原告十分氣憤，「我昨天才第一次看到河馬！」

如果他終生沒有見過河馬呢？如果他見到河馬的時候忍不住喜歡上那龐大憨厚的生物了呢？

那麼，那罵詞就不存在了。

能消滅掉對方的罵，是多麼福氣的事啊！像下面這些罵人的話，你都不必動怒：

「哼！有色人種！」（奇怪了，難道白色是透明的嗎？白色不也有色嗎？）

「你這外省人！」（你曾祖父的曾祖父也是外省人！）

「神經病！」（精神病只是一種病名，怎麼可以拿來罵人？難道我們可以罵人「你是糖尿病！」「你是血癌」嗎？）

「中國豬！」（除了回教和猶太教國家，世界各地都有豬，難道「中國豬」比「英國豬」或「蘭嶼豬」更可恥嗎？這句話裡的「中國」既不該是罵人的部分，「豬」也不能代表「壞」。至少豬很善良，比開口就想罵人的人高貴十萬倍！）

說到這裡，讓我們把話題拉回文章開頭的那句「你是獦獠」上去。罵這句話的人其實是一千二百年前的一位高僧，他的大名是「五祖弘忍」。此人原來也有「地域情結」，當時有位廣東來的年輕人，他翻山越過大庾嶺，歷盡千辛萬苦來到湖北黃梅山，意欲求道，不料竟遭大師罵了一句：

「你們這種廣東來的南蠻子，跟山上的野獸一樣，還來學什麼道！」

好在來者並沒被罵倒，事實上他也並不是純廣東人，他的父親原是河北人，貶官貶到廣東肇慶南部，父親死後他們遷居到南海（靠近廣州），他當下很安詳地回答：

「人，雖然有南方人、北方人的分別，至於論到靈性，那就沒有什麼南北之別了！獦獠，獦獠又怎麼樣？獦獠的天性跟你這位師父又有什麼差別？」

五祖弘忍不是笨人，當下為之一震。

五祖的行為，你可以視為一時的偏見，他沿襲「以北方為本位」的傳統，而隨口侮辱了南方人。當然，如果你生性特別善良寬厚，硬要把那句罵人的話當作特意的試探，也無不可。

這位年輕的求道者姓盧，後來起名叫惠能，他當時已連走了三十天的路程。一千公里的烈日與風霜他已咬牙挺過，遇到山要攀爬，遇到水要揭衣涉過。吃了這麼多苦，豈可為一句「你是獦獠，不配聞道」而嚇退？這南方來的連大字都不識一個的砍柴小子，居然大著膽子跟一代宗師抗辯。對，你要侮辱人，你要拒絕我，那是你的事，可是我已經決定，我是一個不被侮辱的人。你可以罵我，但我並不是你罵的那種東西，我是我，而且，我要一心求道。

我是水晶，鼬鼠散布的臭氣不能把我薰得難聞。

我是月光，烏賊噴射的墨汁無法令我蒙塵。

那天，他順利的成了大師的弟子。若干年後，他繼承了衣缽，人稱六祖。有趣的是，五祖後來有時還繼續開玩笑地叫惠能為「獦獠」，他說：

「哎呀，這個獦獠，他天生的根性可厲害著哩！」

遭人「地域歧視」，被罵作「獦獠」，便因而憤懣自棄，變成不良少年，這事似乎言之成理。——但故事情節不一定要這樣發展，有人挨罵，當下便委婉地頂了回去，因而感悟了罵人的人，並且終於成為繼承大統的一代宗師。

罵人的事將來會世代不絕，不管到公元三千或公元四千年，我敢預言，只要有兩個以上的人類生存在這地球上，其中一個便會遭到另一人的訾罵。但是，至於我們要不要簽收別人送來的訾罵？還是鄭重璧還？那便要看各人的智慧層次了。

——原載八十九年二月十七日《聯合報》副刊

有求不應和未求已應

1

香港有間廟，叫黃大仙，香火一向鼎盛，原因很簡單，據說此廟是「有求必應」的。人生是如此繁難多災，急待解決的問題是如此千頭萬緒，找個「有求必應」的靠山來仰仗一下，事情便過關了，這樣的黃大仙怎能不受歡迎呢？

黃大仙一度也隨著移民潮去了加拿大，不料水土不服，法力驟減，善男信女，也只能徒呼奈何。

華人似乎有其自設的對神明的檢驗標準，華人現實，所以規定神明應該乖乖的「有求必應」，祂是「超級僕人」，祂有義務把我們的夢想一一付諸實現。

2

然而，對我而言，回顧走過的路，如果我有什麼可以感謝上蒼的，恐怕不在於某些祈禱曾蒙垂聽，而是在於某些祈禱始終不蒙成全。

過年了，我們祝福別人「心想事成」。那麼，有沒有人肯相信「心想事不成」，也可能是一項更大的祝福呢？

年少的時候，一個柔髮及肩的女子或一個黑睛凝靜的男子，都能令我們目眩神迷、魂不守舍。但那人卻始終並沒有發現你的那把幽埋在心底深處的熔岩一般的戀火。你祈禱，你哀告，你流淚，你說：

「讓那人看見我吧！讓那人鍾情我吧！」

然而神明不理你，天地也麻木漠然，沒有一點同情。你哀婉欲死，事情就這樣結束了，可是，二十年後，你又看見那人，那人風華已老，談吐無趣，那人身旁的配偶也傖俗黯敗。你驚訝萬分，原來那人並不出色，原來當年上蒼不曾俯聽你的祈求是一項極為仁慈的安排。你其實另有仙侶，你原來命中註定要跟更好的人生出更好的孩子，你所渴想的雖不曾「心想事成」但事情卻發展得更好，超乎我們的祈求和夢想。

3

還有，你詛咒過人嗎？

「去死！去死！早死早乾淨！」你曾經惡狠狠地這樣說過嗎？

這種詛咒有時矛頭也會翻轉過來針對自己：

「我巴不得我死掉才好！」

為了表示心意堅決，你說得一字字錚然有聲，如鐵石相擊，並且火花四射。

碰到這種時候，如果有位新上任的笨笨的天使聽到了「我的志願」（這個中學時代常見的作文題目），於是立刻開恩為你成就了。天哪！那麼你我周圍真不知要枉死多少人了！其中包括老闆、上司、總統或部長、行騙的商家、出軌的情人、可恨的競爭對手、討厭的同事、對你性騷擾的人，以及至親如兄弟姊妹夫妻子女的人……當然，很可能也包括你我自己。真不敢想像那種橫屍遍野的慘象。

好在上帝很懂語意學（Semantics）眾天使也多半經驗老到，不至讓你我的惡心妄念「心想事成」。想來老天使大概常常告誡小天使：

「千萬注意哦！如果你聽到詛咒人死的祈願，千萬別當真啦！那只代表說話的人自己氣瘋了。別管他，等等就好了。你如果真照著世人一時的祈望為甲殺乙，為乙殺丙，那麼全世界的人不出三天全部都死光光了，這樣，我們天使豈不要集體失業了？反正，大家都不免是別人恨之入骨的人。人類成天不是你恨我，便是我恨他，我們天使不必再插一腳。世人雖壞，但也沒壞到該全體滅種的程度，所以，就讓他們心想事不成好了。」

對，好在「心想事不成」。啊，在我還沒有成為純潔無瑕的聖人之前，在貪念癡迷和愚妄仍是我主要本質的時候，上帝，求你務必不要成全我無知的要求或咒詛吧！

是的，我祈求財富，你不給我，你說，整個城市的人都在儉儉省省、巴巴結結，量入為出，你有什麼權利要求錦衣玉食、揮金如土？財富是一種厄運，你會因而從常民的生活中被判出局。你會從此聽不懂那些貧苦兄弟姊妹的告白。想想看，你雖不富，但一副不必背著黃金寶囊的肩膀是多麼輕省啊！

我祈望絕世的美麗，奇蹟並沒有發生，你說，如果蜜蜂沒有索取金冠，螞蟻沒有禱求珠履，你又何須湖水般的澄目或花瓣似的紅唇呢？一雙眼，只要讀得懂人間疾苦，也就夠了吧？兩片唇，只要能輕輕吟出自己心愛的古老詩句，也就夠了吧？

我嚮往聰明，我夢想自己是天縱之才，但你背過臉去，對我的陳述不予理會。你說：「孩子，我愛你，我何忍把這麼鋒刃的利劍給你？你會因而皮破血流，筋斷脈絕的。你就用你那一點點小才幹去努力、去困頓、去撞頭、去驗證吧！你在百思不辨、千思不解之餘收穫的心得，其實反而更能和世人對話。才高八斗之人如萬丈瀑布，壯觀雖壯觀，其下卻難於汲水。你就安心做一注小小山泉，涓滴不絕，可鑑可飲，不是也很好嗎？」

「可不可以給我一張玫瑰花瓣堆疊的芳香軟床？」

「我搞不懂你要那麼奇怪的東西來幹什麼？」你說，「但我會給你甜美如一醰陳年冬蜜的凝定睡眠。」

「贈我紅寶石的墜子，讓我的頸項因而華美璀璨！」

「偏不；」你說，「但我會讓你家南面陽台的蝴蝶蘭今年春天開出豔紫的雲霞！」

「讓我全然健康，無病無痛，這一點，總不算要求過分吧？」

「不」你說，「我賜你友誼，你和你的朋友會因同病而相憐，且相恤相濡。」

4

美國詩人佛洛斯特曾有一首詩，談及森林中有二條小路，他選擇了一條，卻不免好奇，如果踏上的是另一條路呢？會有更迷人的風景嗎？會有更平坦的地面嗎？會有更柔軟厚實的落葉嗎？會有更響徹雲霄的鳥鳴或更為柔和芬芳的清風嗎？

啊！我為我自己走過的路感謝，我也為我糊裡糊塗踏上的另一條路而感謝。感謝我那些小小的心願和祈禱，在一路行來之際曾蒙垂聽成全，更感謝那些未蒙應允的夙願。原來「心想事不成」也是好事一樁，原來「有求不應」也大可以另成佳境。原來另一條路有可能是更好的路，雖然是被逼著走上去的。

唐人張謂有句這樣的詩：「看花尋徑遠，聽鳥入林迷」。人生的途程不也如此嗎？每一條規畫好的道路、每一個經緯座標明確固定的位置，如果依著手冊的指示而到達了固然可羨可慕，但那些「未求已應」的恩惠卻更令人驚豔。那被嚶嚶鳥鳴所引渡而到達的迷離幻域，那因一朵花的呼喚而誤闖的桃源，才是上天更慷慨的福澤的傾注。

曾經，我急於用我的小手向生命的大掌中掏取一粒粒耀眼的珍寶，但珍寶乍然消失，我抓不到我想要的東西。可是，也在這同時，我知道我被那溫暖的大手握住了。手裡沒有東西，只有那雙手掌而已，那掌心溫暖厚實安妥，是「未求已應」的生命的觸握。

——原載九十年四月二十三日《聯合報》副刊

關於玫瑰

1「我愛你！」

「我愛你！」

咦？你說這話是什麼意思？

如果容許我以「後知者」的身分（這身分當然比不上先知，不過，也不錯——跟「不知」相較）來回顧二十世紀所曾犯下的十大罪惡，其中有一項必然是：

「隨隨便便的說『愛』，最後，把『愛』弄成了個髒字眼。」因此，在二十世紀的末尾，如果你在電腦上收到「我愛你」三個字，那就意味著，你中毒了，你死了。

我認識一位朋友，打算辦一份叫《真愛家庭》的雜誌，我心裡立刻惴惴不安，老天，那不是分明告訴大家，另外還有一個東西叫「假愛」？

「我愛你！」

如果你有一雙順風耳，那麼，在夏夜的南風裡，你可以聽到百萬聲這樣的誓約。然而，幾人真心，幾人假意，幾人根本沒搞清楚自己在說什麼！

這其中包括的還不止是信口開河的男男女女，有一大掛是政界人士，他們把那個字褻瀆了又褻瀆，他們說：

「愛台灣。」

這樣一句話，已經變成唸咒，咒語能靈多久？誰知道。

像一則愛情故事裡，那慧黠的女子在面對心虛的男主角一再重複保證的咒語時所說的：

「問題就出在這裡——你說太多次了！」

真正的情人是不會反覆叨念這樣一句話的。

有多少女人有過這樣的經驗，最後害她有椎心之痛的人，就是那個一再說著「我愛你」的男子。

所謂的「愛台灣」，愛的恐怕是「台灣所能給我帶來的大財富和大榮耀」吧！

對我而言，一個人不愛自己雙腳所踏之地的事是荒唐而不可思議的！此事根本天經地義，如果反覆去叫嚷卻反見幾分邪氣。我從來沒有吼過一聲：「我愛空氣！」我也沒有聽別人唸過。然而，我深信所有的人都愛空氣，沒有一秒鐘不愛。這種理所當然的事，實在沒什麼可誇可叫的。

2 給人家愛來愛去才愛慘了的

然而，什麼是愛呢？

哇！這個答案可複雜了，我一時說不上來。但，有一件事我是知道的，台灣就是給人家「愛來愛去」才愛慘了的。

3「你這裡怎麼這麼熱？」

學期要結束了，學生到我的研究室裡來交報告，有個學生口快，大叫了一聲：

「老師，你這裡怎麼這麼熱呀！」

我有點侷促不安，深怕他誤會學校欺負我，便連忙解釋道：

「本來是有冷氣的，你看，百葉窗上不還留一個洞嗎？是我自己不要的，我叫他們搬走的！我不想做耗電的事。」

這事聽來有點迂，然而，愛台灣，就不妨為台灣受點熱、為台灣節一點電。並且用年輕的、或已不再年輕的血肉之軀去感受長夏的蒸濕鬱苦。唉！不吃苦的愛算什麼愛呢？

4「對，這就是我要過的日子！」

有人為殷允芃籌劃了一個生日驚奇宴，在徐州路市長官邸。宴會在子夜結束，我走到門口，走向一棵樟樹，牽我的舊腳踏車。

「哇！張老師你騎車呀，好酷喔！」

說話的好像是殷的學生，二十年前的老學生。他們從汽車車窗裡面向我歡呼。晚風裡，我踩著車子慢慢走遠，車子舊了，但切過空氣，仍然俐落如一把光亮的銀柄裁紙刀。自從十四歲學會騎腳踏車以來，騎車常給我極大的喜悅，我一面騎，一面輕聲對自己說：

「對，這就是我要過的日子，簡單、素樸，貧窮——不是真的窮，而是自己甘願選擇的一種貧窮。」

當然，我可以宣告，這也是愛台灣的一種方式，然而，有些話是不該說的，一說就俗了。

5「幹嘛這麼欠？」

家裡有個一周來兩次的打掃工人，我請她把信箱裡的廣告紙整一整，如果兩面都有字的，就丟在廢紙箱裡，如果有一面空白，就留下來放在抽屜中，以待寫稿。

「幹嘛這麼欠（即『省』的意思），紙也不貴。」

「何止不貴，根本是不要錢。我們做老師的，想貪污是沒得貪的，去辦公室紙櫃裡拿些紙來用，誰也不會說話的，可是我不要，我就是要用廢紙！我就是要省下紙來！」

「哎喲！要是人人像你這麼想，就好了！」

她是一個不識字的清潔婦，但她的讚美，對我而言，如天音。用紙，和文明有關，本是高尚的事，但畢竟也是一種「業」（孽），一種對森林的耗損！人間能惜福就惜福吧，我在使用一張舊A四紙的反面的時候，覺得一種喜悅，一種物盡其用的喜悅。一種知福惜福的喜悅。

6 撿來的風景

有人丟了一張木頭搖椅，原因大概是因為它舊了，而且油漆剝落了。我便把它撿回來——原因相同，也是因為它古老陳舊了，而和油漆分離以後的木頭竟是那樣素淨好看。

對，我忍不住撿東西，那裡面有一種俠義心腸。好好一張椅子，曾經多年承載主人的身軀，如今卻遭人遺棄。我不收容它，它就是垃圾，我收容它，它就是骨董。人和物之間難道是一朝春盡，就恩斷義絕的嗎？

有人扔了一張複製畫，我把它撿回來，查查資料，原來是法國畫家COROT的。雖是複製品，但湖上煙波含翠，湖畔老樹蔭清，其間又有年輕的女子和稚齡的小孩。我去裱畫店將它框了，掛在畫廊。這畫和另一幅字遙遙相對，那幅字是「揀來齋」，書者是楚戈。我不知是他無意寫錯還是有意寫錯，一般而言，這字都寫作「撿」，揀字也算可通用，但揀字畢竟常指「挑挑揀揀」，「撿」字才指撿「拾」。但既然「撿」來了，也就是心愛的了，也算「挑揀」了吧！

7 救活了十二條命

有一個春天的黃昏，我跟丈夫說要帶他「去一個地方看一個東西」。他跟我到了目的地，我便問他：

「喂，這裡是什麼地方，你說。」

他傻愣愣的看著我（此人官拜院長，當然不是行政院啦，是個大學裡的小小學院。但就我而言，他反正是個愣小子）說：「這裡？我不知道，我沒來過，我怎麼知道？」

「好，我來告訴你，這裡是我從前新婚的時候，住過三年的地方。」

「什麼？我們住過這裡？我怎麼都不認得了？」

「不過翻成四層樓就是了，你看，門牌還是一樣的。」

「這是人家的家，你來幹什麼？」

「你看，」我說：「這樓下本來開著間公司，招牌還沒拆。剛開的時候，大概親朋好友送了些發財樹，可是這家公司後來就關門了，關了大概有四個月了。關門以後他們就把發財樹拔了，擲在旁邊的防火巷裡，我起先還期望他們有一天會收回去重種。但是一天天過去，我才明白，原來開張時當吉祥物來看的發財樹，到關門的時候就是垃圾。我每過一個禮拜就來探看一下它們的現況。這些樹躺在這裡四個月了，我想我非把它載回去試栽看看不可，再不救是絕對活不成了！」

「我看希望不大，好可惜。」

「試試吧！」

於是我們把它用腳踏車拖回來，大大小小，總共二十五棵，種下去以後，活了十二棵，我的喜悅和救火員一樣難於描述。種樹的工作因為雇請了園丁，倒也花了一些錢，而發財樹其實很便宜，去花市買新樹不見得更貴。但我要救的是「命」，不是經濟價值。園丁是個老兵，我後來因而跟他成為很知心的朋友。這，又是另一番後話了。

樹也許有知，我於是跟它說話，反正它如果聽不懂也不會有什麼負面作用。

「唉，你知道嗎？有人想靠你發財，有人會把你遺棄，但請相信，人類並不都如此邪惡，台灣的人並不都如此邪惡。仍然有人願意肯定你作為一棵樹的尊嚴，仍然有人肯幫助你在這片土壤裡扎根！而且，請注意，不管有多少人叫你發財樹，你自己要記得自己的本名，你叫馬拉巴栗！『發財』並不是你的生存意義，你活著只是因為生命本身的無限美好。」

樹好像聽懂了，接下來的兩個禮拜，它報我以許多小小的新芽，我於是跟它打趣說：

「啊！你在芽芽學語呢！」

8 光鮮耀眼的爛貨

每個說「愛台灣」的政客，最好先「愛自己」。而我所謂的「愛自己」指的是「潔身自愛」。如果不把自己先治成一個「優美的人」，如果不能完成高尚的「人格美學」，如果不能成為高潔芬芳的君子，如果你巧取豪奪，唯利是圖，那麼，你只是個「爛貨」（也或者是「光鮮耀眼的爛貨」），「爛貨之愛」，我想不要也罷！

9 憂國？該憂！憂民？那倒不必

我有些朋友，是好人（嗯，這樣說，好像我有些朋友是壞人似的，其實也不是那個意思啦！），他們憂國憂民，我說：憂國？該憂！憂民，那倒不必！我們的民其實是好民。至少，其中大部分是好民，周朝可以亂，亂成春秋戰國，但孔子、孟子、莊子、老子，人家不是也完成了他們的千秋大業嗎？漢朝可以亂，亂成三國，但曹氏父子還是壘積了建安文學的高度，諸葛亮也還是樹立了他自己的典型懿範（對人類而言，建樹一種風範比發明塑膠是有意義多了）。

順便掉個書袋。「憂國」一詞，出於《左傳》，但《左傳》上說的是「憂國恤民」。《戰國策》上也有此詞，用的也是「憂國愛民」。是的，二千萬人該受到體恤和安慰，該受到關愛鼓舞和教導，但不要為我們憂，我們還在撐！至少，至少，今天先不要為我流淚！如果真熬不過去，明天你再流淚不遲！

10 關於玫瑰

曾經，在六百多年前，約當我們的元朝，英國有一場奇怪的戰爭，戰爭本不奇怪，無非奪權奪利（偶爾也奪美人），這場戰爭奇怪的地方在於軍旗。甲方的大旗上畫的是玫瑰，乙方的大旗上畫的也是玫瑰。甲方是約克家族，畫的是白玫瑰，乙方是蘭加斯德家，畫的是紅玫瑰（嗯，我想當年選兵的最重要條件應該便是「必須不可是色盲」），這場戰爭前後打了三十一年，後來紅玫瑰這一邊的出了個外孫，名叫亨利都鐸，他坐上王位，娶了白玫瑰那邊的女兒為后（不知算不算「聯合政府」），天下於是太平，建立了五世其昌的都鐸王朝，其中包括伊莉莎白一世的文武鼎盛時代。

啊！關於玫瑰，你有什麼話說呢？白玫瑰跟紅玫瑰開打，注定要產生一種粉紅色玫瑰。關於玫瑰的說詞，我想再也沒人比十三歲的少女茱麗葉講得更動人的了（當然你也可以說它是莎士比亞講的），她認為玫瑰就是玫瑰，不管叫什麼名字，都一樣香甜。千載之下，我們並不記得「卡帕萊特」家，也不記得「蒙特鳩」家，更不記得他們之間的世仇。我們記得的是花前月下的那對小情人，記得他們自己的名字：茱麗葉與羅密歐。

我所親愛的玫瑰將來會叫什麼名字？我所深愛的這個國家將來會叫什麼名字？我其實毫無把握——但無論它被人叫成什麼名字，此時此刻我都要努力維護它實質上的香甜馥郁。

「正名」不是不重要，但更重要的是「實」。我們必須「徹頭徹尾」是一株玫瑰，立足土壤，紅烈豔絕，主幹粗壯，花心無蟲，而且，郁郁馥馥，卓然天地之間。

——原載九十年八月一日《中國時報》人間副刊

竊據

下課鐘響了，那時是六月，時間是正午，那堂課是我學年中的最後一堂課。對，所有的唐詩宋詞到此終於掩卷，屈靈均或陶淵明都請暫時引退。六月已至，薰風南來，知識且去匿身，我自有我自己的去處。

我跳上車，從城北直驅城南，下了車，逕自進入植物園，直逼荷花池。待我屏息注目，果見千柄高荷，清豔絕倫。雖然一切皆在預料中，我仍然不覺為之動容。

站在池前，彷彿剛下飛機歸國述職的大使，一時有很多話想跟荷花報告，有委屈，也有得意。想告訴他這一年的業績，想告訴他美的訊息已經向學生傳達。想讓他知道，其實，截至目前為止，並沒有人知道我是奉派自荷花的使者。想說，我有點累，讓我再嗅一口荷香，我就能復活，就能有本事去對抗塵世中壞人所加之於我的種種的奇招怪式，並且能保住我自己嬰兒般的一味靈明。

呀！小小的水鳥在翠葉間施展輕功
美麗的紅蜻蜓也來認祖歸宗
他們是荷花的堂兄弟
互相追敘著屬於紅系的高貴血統

彷彿聽到歌聲，但卻不見有人唱歌。

荷香常令我迷惑，它是如此厚實且具質感。梅香屬於月光，蘭香屬於絕壁，菊香和田隴不分，桂花則宜於在一家人四合院初醒的韻律裡含芬吐馥……，但荷香是雲夢大澤中升起的幻象，是神祕池沼中冒出的魔法泡影，它的香氣亦靈亦肉，令人悵悵惘惘，目奪神授，而不知所從。

在一本名叫《指月錄》的禪書裡，記載著一條奇怪的戒命，原來，在嚴格律己的僧人而言，當經過別人的荷花池的時候，是不可以偷嗅荷香的。看來，他應該行閉氣大法來行過花香陣，以免吸入了屬於別人的馥郁。

啊！這一點倒提醒了我，原來荷香是值得盜取的資產，我今身在台北市植物園，所嗅的芳烈算來應屬「公物」。但這番聞嗅卻是天真無罪的「侵吞公物」，是高妙美麗的巧取豪奪，是不著痕跡的徹底霸占，是光明正大的蠶食鯨吞。啊！我為此而沾沾自喜。

對，我赤手空拳來到這世界，如果不竊據那些本來不屬於我的東西，又怎能活得下去？所以，容我是偷聞荷香的現行犯，容我是偷聽鳥語的慣竊，且容我是偷偷披著陽光金斗篷的一名風華老去的少年犯。

附記：是因為冷氣團來襲嗎？在擁著羊毛毯枯坐的冬夜，我會癡癡的想起某個六月正午的一汪池水，以及池中絕美的荷花佈陣。還有那詭異的香息，令我反芻又反芻，咀嚼不盡。原來，曾經被荷香充塞過的胸臆，也是某種永恆。

——原載九十一年十二月二十四日《中國時報》人間副刊

輯二／一半兒春愁，一半兒水

塵緣

大約二歲吧，那時的我。父親中午回家吃飯，匆匆又要趕回辦公室去。我不依，抓住他寬邊的軍腰帶不讓他繫上，說：「你戴上這個就是要走了，我不要！」我抱住他的腿不給他走。

那時代的軍人軍紀如山，父親覺得遲到之罪近乎通敵。他一把搶回了腰帶，還打了我——這事我當然不記得了，是父親自己事後多次提起，我才印象深刻。父親每提此事，總露出一副深悔的樣子，我有時想，挨那一頓打也真划得來啊，父親因而將此事記了一輩子，悔了一輩子。

「後來，我就捨不得打你。就那一次。」他說。

那時，二歲的我不想和父親分別。半個世紀之後，我依然抵賴，依然想抓住什麼留住父親，依然對上帝說：

「把爸爸留給我吧！留給我吧！」

然而上帝沒有允許我的強留。

當年小小的我不知道自己為什麼留不住爸爸，半世紀後，我仍然不明白父親為什麼非走不可？當年的我知道他繫上腰帶就會走，現在的我知道他不思飲食，記憶渙散便也是要走。然而，我卻一無長策，眼睜睜看著老邁的他杳杳而逝。

記憶中小時候，父親總是帶我去田間散步，教我閱讀名叫「自然」的這部書。他指給我看螳螂的卵，他帶回被寄生蜂下過蛋的蟲蛹。後來有一次我和五阿姨去散步，三歲的我偏頭問阿姨道：

「你看，菜葉子上都是洞，是怎麼來的？」

「蟲吃的。」阿姨當時是大學生。

「那，蟲在哪裡？」

阿姨答不上來，我拍手大樂。

「哼，蟲變蛾子飛跑了，你都不知道，蟲變蛾子飛跑了！你都不知道！」

我對生物的最初驚豔，來自父親，我為此終生感激。

然而父親自己蛻化而去的時候，我卻痛哭不依，他化蝶遠颺，我卻總不能相信這種事竟然發生了，那麼英挺而強壯的父親，誰把他偷走了？

父親九十一歲那年，我帶他回故鄉。距離他上一次回鄉，前後是五十九年。

「你不是『帶』爸爸回去，是『陪』爸爸回去。」我的朋友糾正我。

「可是，我的情況是真的需要『帶』他回去。」

我們一行四人，爸爸媽媽我和護士。我們用輪椅把他推上飛機，推入旅館，推進火車。火車一離南京城，就到了滁縣。我起先嚇了一跳，「滁州」這種地方好像應該好好待在歐陽修的〈醉翁亭記〉裡，怎麼真的有個滁州在這裡。我一路問父親，現在是什麼站了，他一一說給我聽，我問他下一站的站名，他也能回答上來。奇怪，平日顛三倒四的父親，連吃過了午飯都會旋即忘了又要求母親開飯，怎麼一到了滁州城附近就如此凡事歷歷分明起來？

「姑娘（即姑母）在哪裡？」

「渚蘭。」

「外婆呢？」

「住寶光寺。」

其他親戚的居處他說來也都瞭若指掌，這是他魂裡夢裡的所在吧？

「大哥，你知道這是什麼田？」三叔問他。

「知道，」爸爸說，「白芋田。」

白芋就是白番薯的意思，紅番薯則叫紅芋。

不知為什麼，近年來他像小學生，總乖乖回答每一道問題。

「翻白芋秧子你會嗎？」三叔又問。

「會。」

白芋秧子就是番薯葉，這種葉子生命力極旺盛，如果不隨時翻它，它就會不斷抽長又不斷扎根，最後白芋就長不好了。所以要不斷叉起它來，翻個面，害它不能多布根，好專心長番薯。

年輕時的父親在徐州城裡唸師範，每次放假回家，便幫忙農事。我想父親當年年輕，打著赤膊，在田裡執叉翻葉，那個男孩至今記得白芋葉該怎麼翻。想到這裡，我心下有一份踏實，覺得在茫茫大地上，也有某一塊田是父親親手料理過的，我因而覺得一份甜蜜安詳。

父親回鄉，許多雜務都是一位安營表哥打點的，包括租車和食宿的安排。安營表哥的名字很特別，據說那年有軍隊過境，在村邊安營，表哥就叫了安營。

「這位是誰你認識嗎？」我們問父親。

「不認識。」

「他就是安營呀！」

「安營？」父親茫然：「安營怎麼這麼大了？」

這組簡單的對話，一天要說上好幾次，然而父親總是不能承認面前此人就是安營。上一次，父親回家見他，他年方一歲，而今他已是兒孫滿堂的六十歲老人。去家離鄉五十九年，父親的迷糊我不忍心用老年癡呆解釋。二天前我在飛機上見父親讀英文報，便指些單字問他：

「這是什麼字？」

「西藏。」

「這個呢？」

「以色列。」

我驚訝他一一回答，奇怪啊，父親到底記得什麼又到底不記得什麼呢？

我們到田塍邊謁過祖父母的墳，爸爸忽然說：

「我們就回家去吧！」

「家？家在哪裡？」我故意問他。

「家，家在屏東呀！」

我一驚，這一生不忘老家的人其實是以屏東為家的。屏東，那永恆的陽光的城垣。

家族中走出一位老婦人，是父親的二堂嬸，是一切家人中最老的，九十三了，腰幹筆直，小腳走得踏實迅快，她把父親看了一眼，用鄉下人簡單而大聲的語言宣布：

「他迂了！」

迂，就是鄉人說「老年癡呆」的意思，我的眼淚立刻湧出來，我一直刻意閃避的字眼，這老婦人竟直截了當的道了出來。如此清晰如此殘忍。

我開始明白「父母在」和「父母健在」是不同的，但我仍依戀仍不捨。

父親在南京旅館時有老友陳頤鼎將軍來訪。陳伯伯和父親是鄉故，交情素厚，但我告訴他陳伯伯在樓下，正要上來，他卻勃然色變，說：

「幹嘛要見他？他做了共產黨！」

這陳伯伯曾到過台灣，訓練過一批新兵，那時是民國三十五年。這批新兵訓練得還不太好就上戰場了，結果吃了敗仗，以後便成了台籍滯留大陸的老兵，陳伯伯也就因而成了共產黨人。父親不原諒這種事。

「我一輩子都是國民黨。」他說，一臉執倔。

他不明白說這種話已經不合時宜了。

陳伯伯進來，我很緊張，陳伯伯一時激動萬分，緊握爸爸的手熱淚直流。爸爸卻淡淡的，總算沒趕人家出去，我們也就由他。

「陳伯伯和我爸爸當年的事，可以說一件給我聽聽嗎？」事後我問陳媽媽。

「有一次，打仗，晚上也打，不能睡，又下雨，他們兩個人睏極了，就穿著雨衣，背靠著背的站著打盹。」

我又去問陳伯伯：

「我爸爸，你對他印象最深的是什麼？」

「他上進，他起先當『學兵』，看人家黃埔出身，他就也去考黃埔。等黃埔出來，他想想，覺得學歷還不夠好，又去讀陸軍大學，然後，又去美國……」

陳伯伯位階一直比父親稍高，但我看到的他只是個慈祥的老人，喃喃地說些六十年前的事情。

爸爸急著回屏東，我們就盡快回來了。回來後的父親安詳貞定，我那時忽然明白了，台灣，才是他願意埋骨的所在。

民國三十八年，爸爸本來是最後一批離開重慶的人。

「我會守到最後五分鐘。」

他對母親說，那時我們在廣州，正要上船，他們兩人把一對日本鯊魚皮軍刀各拿了一把，那算是家中比較值錢的東西，是受降時分得的戰利品。

「但願人長久，千里共嬋娟。」

戰爭中每次分手，爸爸都寫這句話給媽媽。那時代的人令人不解，彷彿活在電影情節裡，每天都是生離死別。

戰爭節節失利，爸爸真的撐到最後，然後，他坐上飛機飛台灣。老式的飛機必須加油，所以當天下午暫停昆明，父親似乎很興奮能多這一番逗留，拍電報來說打算去遊滇池。母親接到電報本來高高興興打算第二天迎接丈夫，卻不料翌晨一早六點鐘打開報紙，頭版上斗大的字，雲南省主席盧漢午夜叛變投共。江山一夜易主，母親擲報大慟，父親在最後一刻被絆住了，成了共產黨人的俘虜，生死難卜。

那以後的情節就更像小說，盧漢並沒有得到新主子的歡心，憤而瞎了眼，對於管理囚犯的事也就有些輕疏。到後來簡直比「劃地為牢」還自由，監獄成了免費宿舍，各人自可出去閒逛，到時間回來吃回來住便是了。反正那時候整個版圖都已經是共產黨的，而眾囚犯身無長物，又能逃到哪裡去？

好在父親遇見了一個舊日部屬，那部屬在戰爭結束後改行賣紙菸，他便給了父親幾條菸，又給了他一張假身分證，把張家閑的名字改成章佳賢，且縫了一隻土灰布的大口袋作菸袋，父親就從少將軍官變成菸販子。揹上了袋子，他便直奔山區而去，參加游擊隊。以後取道法屬越南的老撾轉香港飛台灣，這一周折，使他多花了一年零二十天才和家人重逢。

那一年裡我們不幸也失去外婆，母親總是胃痛，痛的時候便叫我把頭枕在她胃上，說是壓一壓就好了。那時我小，成天到小池塘邊抓小魚來玩，憂患對我是個似懂非懂的怪獸，它敲門的時候，不歸我應門。他們把外婆火化了，打算不久以後帶回老家去，過了二十年，死了心，才把她葬在三張犁。

爸爸從來沒跟我們提他被俘和逃亡的艱辛，許多年以後，母親才陸續透露幾句。但那些恐懼在他晚年時卻一度再現。有天媽媽外出回來，他說：

「剛才你不在，有人來跟我收錢。」

「收什麼錢？」

「他說我是甲級戰俘，要收一百塊錢，乙級的收五十塊。」

媽媽知道他把現實和夢境搞混了，便說：

「你給了他沒有？」

「沒有，我告訴他我身上沒錢，我太太出去了，等下我太太回來你跟她收好了。」

那是他的夢魘，四十多年不能抹去的夢魘，奇怪的是夢魘化解的方法倒也十分簡單，只要說一句「你去找我太太收」就可以了。

幼小的時候，父親不斷告別我們，及至我十七歲讀大學，便是我告別他了。我現在才知道，雖然我們共度了半個世紀，我們仍算父女緣薄！這些年，我每次回屏東看他，他總說：

「你是有演講，順便回來的嗎？」

我總嗯哼一聲帶過去。我心裡想說的是，爸爸啊，我不是因為要演講才順便來看你的，我是因為要看你才順便答應演講的啊！然而我不能說，他只容我「順便」看他，他不要我為他擔心。

有一年中秋節，母親去馬來探妹妹，父親一人在家。我不放心，特別南下去陪他，他站在玄關處罵起我來：

「跟你說不用回來、不用回來，你怎麼又跑回來了？你回來，回去的車票買不到怎麼辦？叫你別回來，不聽。」

我有點不知所措，中秋節，我丟下丈夫孩子來陪他，他反而罵我。但愣住幾秒鐘後，我忽然明白了，這個鋼錚的北方漢子，他受不了柔情，他不能忍受讓自己接受愛寵，他只好罵我。於是我笑笑，不理他，且去動手做菜。

父親對母親也少見浪漫鏡頭，但有一次，他把我叫到一邊，說：

「你們姊妹也太不懂事了！你媽快七十的人了，她每次去台北你們就這個要五包涼麵，那個要一隻鹽水鴨，她哪裡提得動？」

母親比父親小十一歲，我們一直都覺得她是年輕的那一個，我們忘記她也在老。又由於想念屏東眷村老家，每次就想買點美食來解鄉愁，只有父親看到母親已不堪提攜重物。

由於父親是軍人，而我們子女都不是，沒有人知道他在他那行算怎樣一個人物。連他得過的二枚雲麾勳章，我們也弄不清楚相等於多大的戰績。但我讀大學時有次站在公車上，聽幾個坐在我前面的軍人談論陸軍步兵學校的人事，不覺留意。父親曾任步校的教育長、副校長，有一陣子也代理校長。我聽他們說著說著就提到父親，我心跳起來，不知他們會說出什麼話來，只聽一個說：

「他這人是個好人。」

又一個說：

「學問也好。」

我心中一時激動不已，能在他人口碑中認識自己父親的好，真是幸運。

又有一次，我和丈夫孩子到鷺鷥潭去玩，晚上便宿在山間。山中有幾椽茅屋，是些老兵蓋來做生意的，我把身分證拿去登記，老兵便叫了起來：

「呀，你是張家閑的女兒，副校長是我們老長官了，副校長道德學問都好的，這房錢，不能收了。」

我當然也不想占幾個老兵的便宜，幾經推扯，打了折扣收錢。其實他們不知道，我真正受惠的不是那一點折扣，而是從別人眼中看到的父親正直崇高的形象。

八十九歲，父親去開白內障，打了麻藥還沒有推入手術室，我找些話跟他說，免得他太快睡著。

「爸爸，杜甫，你知道嗎？」

「知道。」

「杜甫的詩你知道嗎？」

「杜甫的詩那麼多，你說那一首啊？」

「我說〈兵車行〉『車轔轔』那下面是什麼？」

「馬蕭蕭。」

「再下面呢？」

「行人弓箭各在腰，爺娘妻子走相送，塵埃不見咸陽橋，牽衣頓足攔道哭，哭聲直上干雲霄……」

我的淚直滾滾的落下來，不知為什麼，透過一千二百年前的語言，我們反而狹路相遇。

人間的悲傷，無非是生離和死別，戰爭是生離和死別的原因，但，衰老也是啊！父親垂老，兩目視茫茫，然而，他仍記得那首哀傷的唐詩。父親一生參與了不少戰爭，而衰老的戰爭卻是最最艱辛難支的戰爭吧？

我開始和父親平起平坐的談起詩來，是在初中階段。父親一時顯然驚喜萬分，對於女兒大到可以跟他談詩的事幾乎不能置信。在那段清貧的日子裡談詩是有實質的好處的，母親每在此時烙一張麵糊餅，切一碟滷豆乾，有時甚至還有一瓶黑松汽水。我一面吃喝，一面縱論，也只有父親容得下我當時的胡言吧？

父親對詩，也不算有什麼深入研究，他只是熟讀《唐詩三百首》而已。我小時常見他用的那本，扉頁已經泛黃，上面還有他手批的文字。成年後，我忍不住偷來藏著，那是他民國三十年六月在浙江金華買的，封面用牛皮紙包好。有一天，我忽然想換掉那老舊的包書紙，不料打開一看，才發現原來這張牛皮紙是一個公文袋，那公文袋是從國防部寄的，寄給聯勤總部副官處處長，那是父親在南京時的官職，算來是民國三十五、六年的事了。前人惜物的真情比如今任何環保宣言都更實在。父親走後，我在那層牛皮紙外再包它一層白紙，我只能在千古詩情裡去尋覓我遍尋不獲的父親。

父親去時是清晨五時半，終於，所有的管子都拔掉了，九十四歲，父親的臉重歸安謐祥和。我把加護病房的窗簾打開，初日正從灰紅的朝霞中騰起，穆穆皇皇，無限莊嚴。

我有一袋貝殼，是以前旅遊時陸續撿的。有一天，整理東西，忽然想到它們原是屬於海洋的。它們已經暫時陪我一段時光了，一切塵緣總有個了結，於是決定把它們一一放回大海。

而我的父親呢？父親也被歸回到什麼地方去了嗎？那曾經劍眉星目的英颯男子，如今安在？我所挽留不住的，只能任由永恆取回。

而我，我是那因為一度擁有貝殼而聆聽了整個海潮音的小孩。

——原載八十五年十二月四～五日《聯合報》副刊

不識

兩個人坐著談話，其中一個是高僧，另一個是皇帝，皇帝說：「你識得我是誰嗎？我——就是這個坐在你對面的人。」

「不，不識。」

他其實是認識並了解那皇帝的，但是他卻回答說「不識」。也許在他看來，人與人之間其實都是不識的。誰又曾經真正認識過另一個人呢？傳記作家也許可以把翔實的資料一一列舉，但那人卻並不在資料裡——沒有人是可以用資料來加以還原的。

而就連我們自己，也未必識得自己吧？杜甫，終其一生，都希望做個有所建樹出民水火的好官。對於自己身後可能以文章名世，他反而是不無遺憾的。他似乎從來不知道自己是有唐一代最優秀的詩人，如果命運之神允許他以詩才來換官位，他是會換的。

家人至親，我們自以為極親愛極了解的，其實我們所知道的也只是膚表的事件而不是刻骨的感覺。刻骨的感覺不能重現，它隨風而逝，連事件的主人也不能再拾。

而我們面對面卻瞠目不相識的，恐怕是生命本身吧？我們活著，卻不知道何謂生命？更不知道何謂死亡？

父親的追思會上，我問弟弟：

「追述生平，就由你來吧？你是兒子。」

弟弟沉吟了一下，說：

「我可以，不過我覺得你知道的事情更多些，有些事情，我們小的沒趕上。」

然而，我真的知道父親嗎？

五指山上，朔風野大，陽光輝麗，草坪四尺下，便是父親埋骨的所在。我站在那裡一面看山下紅塵深處密如蟻垤的樓宇，一面問自己：

「這墓穴中的身體是誰呢？」雖然隔著棺木隔著水泥，我看不見，但我也知道那是一副潰爛的肉軀。怎麼可以這樣呢？一個至親至愛的父親怎麼可以一霎時化為一堆陌生的腐肉呢？

也許從宗教意義言，肉體只是暫時居住的房子，屋主終有搬遷之日。然而，與原屋之間總該有個徘徊顧卻之意吧？造物怎可以如此絕情，讓肉體接受那化作糞壤的宿命？

我該承認這一抔黃土中的腐肉為父親呢？或是那優游於濛鴻中的才是呢？我曾認識過死亡嗎？我曾認識過父親嗎？我愕然不知怎麼回答。

「小的時候，家裡窮，除了過年，平時都沒有肉吃。如果有客人來，就去熟肉舖子切一點肉，偶然有個挑擔子賣花生米小魚的人經過，我們小孩子就跟著那人走。沒的吃，看看也是好的，我們就這樣跟著跟著，一直走，都走到隔壁莊子去了，就是捨不得回頭。」

那是我所知道的，他最早的童年故事。我有時忍不住，想掏把錢塞給那九十年前的饞嘴小男孩。想買一把花生米小魚填填他的嘴，並且叫他不要再跟著小販走，應該趕快回家去了……。

我問我自己，你真的了解那小男孩嗎？還是你只不過在聽故事？如果你不曾窮過餓過，那小男孩巴巴的眼神你又怎麼讀得懂呢？

我想，我並不明白那貧窮的小孩，那傻乎乎地跟著小販走的小男孩。

讀完徐州城裡的第七師範的附小，他打算讀第七師範，家人帶他去見一位堂叔，目的是借錢。

堂叔站起身來，從一把舊銅壺裡掏出二十一塊銀元，那只壺從樑柱上直吊下來，算是家中的保險櫃吧？

讀師範不用錢，但制服棉被雜物卻都要錢，堂叔的那二十一塊錢改變了父親的一生。

我很想追上前去看一看那目光炯炯的少年，渴於知識渴於上進的少年。我很想看一看那堂叔看著他的愛憐的眼色。他必是族人中最聰明俊發的孩子，堂叔才慨然答應借錢的吧！聽說小學時代，他每天上學都不從市內走路，嫌人車雜沓。他寧可繞著古城周圍的城牆走，城牆上人少，他一面走，一面大聲背書。那意氣飛揚的男孩，天下好像沒有可以難倒他的事。他走著、跑著，自覺古人的智慧因背誦而盡入胸中，一個志得意滿的優秀小學生。

然而，我真認識那孩子嗎？那個捧著二十一塊銀元來向這個世界打天下的孩子。我平生讀書不過只求隨緣盡興而已，我大概不能懂得那一心苦讀求上進的人，那孩子，我不能算是深識他。

「台灣出的東西，有些我們老家有，像桃子。有些我們老家沒有，像木瓜芭樂。」父親說：「沒有的，就不去講它，凡是有的，我們老家的就一定比台灣好。」

我有點反感，他為什麼一定要堅持老家的東西比這裡好呢？他離開老家都已經這麼多年了，為什麼還堅持老家的最好？

「譬如說這香椿吧？」他指著院子裡的香椿樹，台灣的，「長這麼細細小小一株。在我們老家，那可是和榕樹一樣的大樹咧！而且台灣是熱帶，一年到頭都能長新芽，那芽也就不嫩了。在我們老家，只有春天才冒得出新芽來，所以那個冒法，你就不知道了。忽然一下，所有的嫩芽全冒出來了，又厚又多汁，大人小孩全來採呀，採下來用鹽一揉，放在格架上晾，一面晾，那架子上醃出來的滷汁就呼嚕——呼嚕——的一直流，下面就用盆接著，那滷汁下起麵來，那個香呀——。」

我吃過韓國進口的鹽醃香椿芽，從它的形貌看來，揣想它未醃之前一定也極肥厚，故鄉的香椿芽想來也是如此。但父親形容香椿在醃製的過程中竟會「呼嚕——呼嚕——」流汁，我被他言語中的狀聲詞所驚動，那香椿樹竟在我心裡成為一座地標，我每次都循著那株椿樹去尋找父親的故鄉。

但我真的明白那棵樹嗎？我真的明白在半個世紀之後，坐在陽光璀璨的屏東城裡，向我娓娓談起的那棵樹嗎？

父親晚年，我推輪椅帶他上南京中山陵，只因他曾跟我說過：

「總理下葬的時候，我是軍校學生，上面在我們中間選了些人去抬棺材。我被選上了，事先還得預習呢！預習的時候棺材裡都裝些石頭……。」

他對總理一心崇敬——這一點，恐怕我也無法十分了然。我當然也同意孫中山是可佩服的，但恐怕未必那麼百分之百心悅誠服。

「我們那時候的學生總覺得共產黨比較時髦，我原來也想做共產黨，後來讀了總理的書，覺得他講的才是真有道理……。」

能有一人令你死心塌地，生死追隨，不作他想，父親應該是幸福的。——而這種幸福，我並不能體會。

父親說，他真正的興趣在生物，我聽了十分錯愕。我還一直以為是軍事學呢！抗戰前後，他加入了一個國際植物學會，不時向會裡提供全國各地植物的資訊，我對他驚人的耐心感到不解。由於職業的關係，他跑遍大江南北，他將各地的蘿蔔、茄子、芹菜、白菜長得不一樣的情況一一彙集報告給學會。在那個時代，我想那學會接到這位中國會員熱心的訊息，也多少要吃一驚吧？

啊，他究竟是怎樣的一個人呢？我對他萬分好奇，如果他晚生五十年，如果他生而為我的弟弟，我是多麼願意好好培植他成為一個植物學家啊！在那一身草綠色的軍服下面，他其實有著一顆生物學者的心。我小時候，他教導我的，幾乎全是生物知識，我至今看到螳螂的卵仍十分驚動，那是我幼年行經田野時父親教我辨認的。

每次他和我談生物的時候，我都驚訝，彷彿我本來另有一個父親，卻未得成長踐形。父親也為此抱憾嗎？或者他已認了？

而我不知道。

年經時的父親，有一次去打獵。一槍射出，一隻小鳥應聲而落，他撿起小鳥一看，小鳥已肚破腸流，他手裡提著那溫熱的肉體，看著那腹腔之內一一俱全的五臟；忽然決定終其一生不再射獵。

父親在同事間並不是一個好相處的人，聽母親說有人給他起個外號叫「槓子手」，意思是耿直不圓轉，他聽了也不氣，只笑笑說「山難改，性難移」。他是很以自己的方正稜然自豪的，從來不屑於改正。然而這個清晨，在樹林裡，對一隻小鳥，他卻生慈柔之心，誓言從此不射獵。

父親的性格如鐵如砧，卻也如風如水，——我何嘗真正了解過他？

《紅樓夢》第一百二十回，賈政眼看著光頭赤腳身披紅斗篷的寶玉向他拜了四拜，轉身而去，消失在茫茫雪原裡，說：

「竟哄了老太太十九年，如今叫我纔明白——」

賈府上下數百人，誰又曾明白寶玉呢？家人之間，亦未必真能互相解讀吧？

我於我父親，想來也是如此無知無識。他的悲喜、他的起落、他的得意與哀傷、他的憾恨與自足，我哪裡都能一一探知、一一感同身受呢？

蒲公英的散蓬能敘述花托嗎？不，它只知道自己在一陣風後身不由己的和花托相失相散了，它只記得葉嫩花初之際，被輕輕托住的安全的感覺。它只知道，後來，就一切都散了，勝利的也許是生命本身，草原上的某處，會有新的蒲公英冒出來。

我終於明白，我還是不能明白父親。至親如父女，也只能如此。世間沒有誰識得誰，正如那位高僧說的。

我覺得痛，卻亦轉覺釋然，為我本來就無能認識的生命，為我本來就無能認識的死亡，以及不曾真正認識的父親。原來沒有誰可以徹骨認識誰，原來，我也只是如此無知無識。

——原載八十六年一月十二日《中國時報》人間副刊

再跟我們講個笑話吧！
——懷念世棠

不知怎麼開的頭，他談起他小時候，在上海弄堂裡住，對面有一家義學，夜間上課，來的人都是目不識丁的三輪車夫或苦力之類的。夜晚，對面亮著燈，那些漢子誠心誠意的扮起乖乖的小學生來，一個個拉長調子念道：

「晉太元中，武陵人……」

他一邊說，一邊就吟起那調子。

我立刻為之五內震動，並且牢牢記住那吟法——我為什麼如此？大約是為那些勞力者對知識的崇敬而感觸萬端。黃昏，拉了一天的車，扛了一天的貨，那些人必然累了，但他們勉力來上學，來讀〈桃花源記〉，美麗的晉代的桃花源對他們的現實生活能產生什麼好處？大約什麼都沒有吧？但他們仍虔誠的大聲吟誦，覺得那裡有點什麼可攀的高貴，什麼可及的夢想……

我也憐徐世棠——這個說故事給我聽的友人，他必然曾是一個富厚之家的寂寞小男孩吧？他為什麼憑窗而望，並且牢牢記住那些汗污的面孔、和書聲？他重述那場景時為什麼眼中有溼意，聲中有悲憫？

認識世棠，是我大一那年，到最後一次和他通電話（在他死前二十天），這段友誼共是三十九年。

世棠在藝專讀音樂，擅鋼琴，所以在教會擔任司琴的工作。他的鋼琴在我聽來簡直是出神入化，像他的人，雄辯，滔滔不絕，而又娓娓動聽。大夥隱約知道他家世不錯，住在中山北路不知幾條通裡，反正那是某些有錢人住的地方。但世棠的穿著卻刻意邋遢，大概那是他年輕時叛逆的一種方式吧！一張肥頭而又半張嘴的舊鞋尤其令人印象深刻。教會裡向例都有個奉獻箱，供人投進金錢，某次奉獻箱裡有位不知名的好心人提供了一筆錢，上面註明「供司琴弟兄買鞋之用」。他居然被當成濟貧的對象了，朋友聞之，無不絕倒。

又有一次，下雨天，他不知那裡弄到一件又舊又大的斗篷式黑雨衣穿著，站在許昌街上，竟有路人把他當成三輪車夫，問他：

「××路去不去？」

那種款式的雨衣的確是車夫常穿的。我想他努力要在衣著上讓自己擺脫那個有錢的家。他想做他自己，很普羅大眾的自己，其實，只此一件事，大概就把他累得半死。

世棠圓臉圓眼睛，鼓脹的腮頰充滿可愛的喜感。聖誕節扮起聖誕老人來非他莫屬，我現在還能憶起他背上的禮物袋，他這一世也真像個聖誕老人，到處去散播好東西，只是，他似乎忘了留一件給自己了。

世棠天生有老人和小孩緣，讀大學的時候，他有一次和朋友一起赴深山，到原住民的村落去，他背著一架手風琴，走到那裡便拉到那裡，每到一個村子，總能把一村的小孩迷死。

朋友相聚的時候世棠的角色永遠不變，他是負責逗大家快樂的人，他總有說不完的笑話，又極善模仿人，大家笑得滾做一團的時候，他一逕保持木木的一張臉，死撐著不笑，現在回想起來，不知道那裡面有沒有一種成分叫寂寞。

世棠有個奇怪的嗜好，是做蛋糕，當時很少人家裡有烤箱，即使有，做蛋糕也該是女孩子的事——當然，這件事多少也和他的英文好有關係，當年並沒有什麼中文蛋糕食譜，要看懂英文食譜在當年來說是件難事。

世棠是梁實秋迷，梁教授是他的父執輩，他一提起梁教授便話題不絕：

「剛來台灣的時候，他就借住在我們家呀！逃難，到台灣，梁先生心情並不好。可是，晚上，梁師母在白燈罩上點了幾點紅點，梁先生便加上枝幹，一幅紅梅圖就蹦出來了。」

我又一驚，和三輪車夫的故事一樣動人，一個是勞力階級對知識的虔敬信仰，一個是讀書人對困阨環境的夷然眼神。兩者都令我默然久之。

世棠後來一直常去梁家做客，梁家當年座上客不少，但能得梁先生的冷雋和幽默之傳的，似乎只世棠一人。

世棠的父母和冰心夫婦也熟，他小時候甚至是冰心的乾兒子，前些年他還去訪問過這位乾媽。

世棠在藝專讀書似乎不是什麼乖乖牌的學生，但由於英文好，他倒是常被選作學生代表，去美國開些國際性的會。

「啊！美國有一種冰的點心，叫『火燒阿拉斯加』，一塊雪糕，澆上酒，點上火一燒，立刻端上來。還有一種飲料叫Root Bear，厚厚的玻璃杯，事先冰得透透的，杯上結了霜，把飲料倒進去，一喝，哇！……」我垂涎三尺，立志在有生之年一定要吃到這兩種好東西。

由於愛英文，繼藝專之後他又去讀了輔仁外文。他的夢想是做個口譯員，後來他果真考上聯合國英翻中的口譯員。不料才剛開始做，我們就退出了聯合國，世棠不想留在那裡為中共做事，便毅然辭了職回國，供職於新聞局。

「呀！」見他回來，我說，「你不就是人家說的黑官嗎？」

「哼，黑得厲害呢！」

由於沒有正式的公務員銓敘資格，他的薪水極低，到了難以維生的程度。絕處逢生，倒也被他想出了一個辦法，就是下班後到餐廳去彈鋼琴，一方面賺外快，另一方面，勉強算是公餘的休息——一個人想要擁抱自己的土地和人民，從現實層面來說有時也真是很艱難的。

那段時間世棠也回輔仁教書，倒是發生一件特別的事。有位女生，從南部來，讀大一，是他英文班上的，她對老師的課十分入迷。不料到了下學期，她被學校分到第二班，而世棠教的是第一班，這女生很失望，打算不修這門課了，寧可去世棠班上旁聽，世棠知道此事後力勸女孩照規定選課，女孩忖度，以為選了課之後，或者老師有什麼神通把她調到第一班也未可知——不料沒有。但等上課的時候，她才赫然發現世棠已經把自己調到第二班來了！這女孩說：

「我當時從南部來台北，土土的，從來不知道重視自己——而這件事改變了我的一生，我知道我得做好，免得讓老師為我這樣做卻不值得。」

這女孩名叫黃迺毓，目前是師大家政研究所的教授。

世棠後來轉去文建會工作，那是在申學庸教授主掌文建會的時候。

之後他又參與外貿協會的工作，前後共十三年，最近八年一直駐倫敦，也許由於年齡，他非常渴望回台灣，無奈未蒙許可，他有時候短期回來——只為聽幾場崑劇，真是手法豪奢。

他死後有人為他沒能早離英國回到台灣惋惜，我則說：

「如果我是他長官，我也不放他，這種中英文俱佳的人才到哪裡去找！」

有一件事，世棠曾多次謝我，因為我一度對他說：

「你，那麼能說的人，怎麼可能不會寫呢？試試看寫點什麼吧！」世棠寫了，果真文筆爽颯明亮，如短笛信吹，自成佳趣。

「都是曉風叫我寫的呀！她說的，『能言者必能文』！」

我每次都想訂正他的話，但都沒說——其實，不是所有擅長說話的人都能寫好文章。是那些說完故事能令人心神震動如山崩海嘯的高手才能。世棠其實很像英文所形容的「講故事的人」（storyteller），他永遠能把故事陳述得那麼好！奇怪的是有時候他那麼孤傲難蹤，但有時候他又那麼認真卑微的用故事和笑話來取悅於人，什麼場合只要有世棠在便熱鬧融洽，這種令人愉悅的才分不是常人輕易可以擁有的。

有時候世棠也試用文言文寫文章，我驚奇之餘才悟到他有些地方是十分古典的。例如他愛寫信。其實這一點，頗令人難以招架。古老的書信藝術不是一般人能身體力行的，因而不免讓自己陷入「欠信」的不義狀態。欠信不比欠債好受，尤其在世棠過去後，我每次想到自己常不回他信，就內疚不已。

近五年來我一直希望世棠做一件事，我希望他能錄一捲錄音帶，他講的故事那麼活靈活現，他不只屬於我們這個時代，下個世紀的孩子應該也有權利分享他的聲音。他立刻就被說動了，也許他本來即有此意吧？

最後一個暑假，他真的走進錄音室，要為孩子們講一個故事，什麼故事呢？他想起自己八歲起就極愛的故事——王爾德的〈快樂王子〉。五十年過去了，他坐在錄音室裡娓娓的覆述起這故事，他的聲音乾淨敦實，充滿感情：

——但是，他還沒有張開翅膀，第三滴水又落了下來，他仰起頭去看，他看見——

啊！他看見了什麼？

快樂王子的眼裡裝滿了淚水，淚珠沿著他的黃金的臉頰流下來。他的臉在月光裡顯得這麼美，叫小燕子的心裡也充滿了憐憫。

「你是誰？」他問道。

「我是快樂王子。」

「那麼你為什麼哭呢？」燕子又問；「你看，你把我一身都打濕了。」

「從前我活著，有一顆人心的時候，」王子慢慢地答道，「我並不知道眼淚是什麼東西，因為我那時候住在無愁宮裡，悲哀是不能進去的——。」

「我覺得，他自己就是那個『快樂王子』！」他去世之後一位朋友斬釘截鐵的說。

我想的確是吧？那個悲愁的快樂王子。

世棠走後我曾和他的老母親通過電話，據她老人家說，世棠年少時曾立志當牧師，母親以為不可，說他生性太愛說笑取鬧，有所不宜。我聽了不免嚇一跳，因為三十多年的老友，我竟不知他當年有此心願，當年一起長大的朋友中有幾個看來特別虔誠深穩的，他們後來倒也的確不負眾望做了牧師，但大家萬萬沒有想到這位每次聚會都負責把大家肚子笑痛的一位，內心深處竟期望自己是一位駐堂牧師。

現在想來，也許他這一生所做的事都只是在實踐他少年時期的夢想：他做口譯員，他去新聞局、文建會，他做台灣駐英國的貿協主任，他寫文章，他為孩童錄音，他勤於給朋友寫信並鼓勵他們，這一切全等於在牧養這個世代，在服役這些人群。他終於做了另一種意義的牧師。

世棠獨居在倫敦市郊，九七年十二月廿六日有人還看見他，他可能死於十二月廿七日的心臟病，十二月三十日同事破門而入，才發現他已遠行，得年五十九歲。死前他似乎正要出門，所以西裝領帶儼然，這樣有尊嚴而不受苦的死法當然值得羨慕，悲傷的是我們這群還留在世上的朋友。誰能來跟我們再講個笑話呢？人生的歡樂原來是這樣稀少易逝，講笑話的人一走，場子豈不立刻冷了。

什麼時候，再跟我們講個笑話吧！世棠！

——原載八十七年二月十六日《中國時報》人間副刊

一半兒春愁，一半兒水

——溪城憶舊

那年，她十七歲，我也是。夏天放榜，她考取了東吳，我也是。她讀會計，我讀中文，我們都很快樂。

我們相約去看新校區，南部鄉下來的同班同學——真的很南部，比高雄還南，我們是屏東來的小孩。

同學叫她「獅子」，倒不是因為她凶惡，而是因為她名叫師瑾，「師」「獅」同音，大家就叫她「獅子」。

「獅子」長得美，一雙大眼睛，慧黠靈動，瑩澈淵深，彷彿一串說不完的謎面，令人沉吟費猜。獅子且清瘦，腰肢一把，輕盈若無，穿起那時代流行的蓬裙，直如雲中仙子。

我們終於找到外雙溪，那時是一九五八年，住在台北的人一時還沒有學會污染的本領。我們站在溪邊，我驚異於碧澗瀨石之美——啊，教我怎麼說呢，我只能說，那時候的水，真是水。沒有雜質的水。

我當時忍不住跟獅子胡扯：

「我們去弄件游泳衣，下去游泳吧！」

其實，我只是說說，因為，第一，我根本不會游泳。第二，水也太淺，不可能施展身手。

但獅子這個人一向認真，她立刻很淑女的罵了一句：

「妳神經啦！」

我懂她的意思，她是指光天化日，眾目睽睽，一個女孩子只穿一件游泳衣便去戲水，豈不有傷風化？

而我當時那麼說，無非想表達，此水清清，清到值得我們跳進去嬉戲！

四十年後的今天，我每週去東吳上小說課，經過溪邊，總不免扼腕嘆息。溪水啊！你昔日的美麗呢？雖然也有膽大的釣者繼續釣魚，雖然也有一兩隻白鷺穿梭其間。但，那曾經澄澈如玉的溪水卻早已不見了。

獅子，繼續著她在人世間循規蹈矩的步伐，繼續流盼她的美目，但乳癌卻攫住她。她抗拒，她去開刀，她去復健，她認真的前往大陸尋求醫療，然而，三年前她終於走了。靈堂佈滿白色的姬百合，她連葬禮都規劃得一絲不苟。

我該向誰去討回我誤撞異域的朋友呢？

一九五八年，東吳在外雙溪的第一棟校舍落成，中文系一年級在「第一教室」上課（那位置，現在是註冊組在使用）。班上同學只有十人，如果用成本會計的眼光來看，真是浪費。但小班上課實在是令人難忘的好經驗，認真的教授甚至可以記得我們作品中的某些句子，像張清徽（張敬）老師，三十年後她偶然還能當面背誦我大四「曲選習作」的句子：

「溝裡波瀾擁又推，亂成堆，一半兒春愁一半兒水。」

令我又喜又愧。

然而，清徽師也走了，祭弔時播放的不是哀樂而是她生前最喜歡的崑曲。啊！真是奇異的告別式啊！

「裊晴絲，吹來閒庭院……」

幽緩的〈水磨調〉，人生卻是如此匆匆啊！

老師是舊式才女，有才華，又用功，連她的字我也是極喜歡的（雖然，不太有人知道她的書法）。她的古詩寫得更好，渾茂質樸，情深意切，當今之日，華文世界，能寫出這種水準的人，想來也不超過十個吧！

憶起清徽師，常忍不住惻惻而痛，因為同為女性，也因為疼惜，疼惜她這樣的才女，卻生不逢辰。她對自己的婚姻嘖有煩言。但據我看，師丈並不壞。我有次在老師家中看到一幀佩劍少年的舊照片，那美少年英姿爽颯，足以令任何女子怦然心動，我問師丈：

「咦！這人是誰呀？」

「就是我呀！」

我當時大吃一驚！原來這不修邊幅，說起話來顛三倒四的師丈，曾是早期清華的高材生，他英挺俊俏，眼神如電，令人形慚。他且又因抗戰投身空軍，可謂是才子又是英雄。老師當年傾心此人，本來應該可成一段佳話，但才子往往不容易與人相處，至於逢迎阿諛，當然更為不屑。在事業飽受挫折之餘，他變得成天談玄說命，不事生產。老師於是自怨自艾起來，詞曲於她不失為一種及時的救贖。

啊！如果老師晚生五十年或者六十年，命運會不會好些？女性主義的大纛是不是讓她可以活得更理直氣壯一點？但反過來說如果她晚生六十年，那些來自書香世家的良好舊學根柢也就沒了——唉，人生實難啊！

何況，多年後，老師告訴我，她原為家計困窘，才在台大之外尋求兼課東吳的。那麼，倒是我撿到便宜了，讓我有一年之久領略她風趣雋永的授課。世事的凶吉休咎原是如此難卜，她的不幸，不料反而成就了我的幸運。

當這世上你可以稱之為老師的人越來越少，學生卻愈來愈多，真是件可悲的事。你眼看老成凋謝，卻阻止不了他們的消失。於是你漸漸了解，原來，學者也不是永恆的，如果你不趁可請益的時候請益，將來，總有一天，你再也無法向他們請益了。

汪薇史（汪經昌）老師是我另一位恩師，不料在香港教書時發生車禍謝世。命運真是很奇怪的東西，汪老師和大多數外省老輩一樣，對台灣的政治定位沒什麼把握。剛好，香港有意延聘他教書，他是希望能終老香港的，卻不意為一輛不負責任的車子斷了命。那司機何曾知道這一撞，撞碎了多少寶貴的曲學傳承啊！

汪老師是曲學大師吳瞿安（吳梅）先生的弟子，在台灣曲學界可算得一代宗師。但奇怪的是他當初受聘中文系，所授的課程竟是「社會學」。

有一次，我請教汪老師要學詞曲應該如何入手，他說應從《花間》讀起，我再問從《花間》讀起如何讀，他說，你來我家，我講給你聽。我從此每週兩次去老師家聽《花間詞》，他講給我一個人聽，免費，而且供應晚餐。甚至我後來結了婚，仍賴皮如故。有時在老師家談得興起，不覺已至午夜。忽聽得日式房子的矮牆外，有人用壓低的清亮男高音的嗓子在叫：

「曉風！」

我一驚而起，推開抑揚清激的工尺譜，完了完了，一定又過了十二點了。於是乖乖出門，跟來「捉」我的丈夫一起回家。從龍泉街到永康街，坐在腳踏車後座上，一路猶想著老師婉轉的笛聲。這種情節一路上演到我生了孩子，實在脫不了身，才算罷休。而那時候，老師也正打算赴香港上任去了。

我如今每次打開《花間詞集》都不敢久讀，因為一想起往事，就要流淚。溪聲千迴，前塵如煙。連當年那可愛的會寫情詩的學弟林炯陽也走了（至於他曾取得博士學位，當過中文系系主任，算來都屬「末節」，他的詩人履歷還是最可敬的）。我想，如今我只能珍惜活著的師友，並期待下一世紀的江山代出的人才。鍾靈毓秀的溪城當能回應我的祈願吧？

——原載八十八年五月二十六日《中華日報》副刊

重讀一封前世的信

做編輯的，催起人來，幾乎令人可以想見未來某一日死神來催命的情勢。當然，往好處想，我今日既有本事死皮賴臉抵禦編輯相催，他日，也許就不怎麼怕死神的凌逼了。

我平日因疏懶成性，文債漸積漸多，只是，債多不愁，反正能躲則躲，能賴則賴，實在躲不掉也賴不掉的，就先應付一下。最近的債主是某報，人家要專案介紹我，不向我找資料又跟誰要資料呢？我很想哀告一聲，說：

「喂，關於張曉風的資料，未必我張曉風就是權威呀！誰規定我該研究我自己？收集我自己？誰說我該提供有關張曉風的資料？我又不是給張曉風管資料的。」

如果要我在這世上找出少數幾件我沒什麼大興趣的事，「研究張曉風」一定會是其中的一項。想想，世上好玩的事有多麼多呀！值得去留意一下的事有千樁萬樁哩！譬如說：可以拿來做義大利麵的特別小麥叫「杜蘭小麥」，只有「杜蘭」可以構成那迷人的韌勁。而且，義大利文有句「阿爾甸特」，意思便專指那份韌韌的嚼頭。又譬如說馬來人過新年的時候，晚輩跪拜父母，說「敏達瑪阿夫」（minta maaf），意思是「請饒恕我過去一年得罪你的地方」（啊，我多麼希望普天下的人過新年的時候都互道這句話，它比「新年快樂」要有意思得多了）。又譬如台灣有種開在冬天的白色蘭花叫「阿媽蘭」（即祖母蘭），開得天長地久，總也不謝，讓人幾乎以為它是永恆的。而開在春天的小朵紫色蘭花卻叫「小男孩」，一副頑皮又闖蕩的樣子。還有初夏時節，紫霞滿樹，危聳聳開遍洛杉磯和南美洲的那種「美死了人不償命」的花樹有個繞口的名字叫「夾卡潤達」（GACARANTA），中文有個文縐縐的翻譯叫「藍花楹」……。世上「雜學」無限，叫張曉風去搬弄張曉風的資料，一方面是無趣，一方面也是勝之不武吧？

但人家在催，我也只好去找。「找自己」是件蠻累的事，而且往往並無收穫。倒是有一天木匠阿陳來修衣櫥，抖出一包信，我正打算拿去丟掉，不料卻發現那泛黃的紙頁上有一片熟悉的筆跡。湊近一看，幾乎昏倒。天哪！那是朱橋的信啊！朱橋死了有三十年了吧？他曾經是多麼優秀的一個編輯啊！而他是自殺死的，「自殺」在當年是個邪惡的不乾淨的字眼。他所服務的單位（幼獅系統）大概因而非常不以為然，所以他連身後該有的哀榮也沒有撈到。喪禮上的親屬只有他的老姨媽，她用江北口音有腔有調的哭數著：

「朱家駿呀！你媽把你交給了我帶來台灣呀！叫我以後回去怎麼向你媽交代呀！」

過一會，想起來，她又補唱幾句：

「你的志向高呀，平常的女孩子你都不要呀！至今還沒成家呀！」

我非常驚訝，因為老姨媽似乎在用哭腔哭調告訴眾親朋好友：

「對於他的死，我是無罪的。不要以為我不照顧他，他沒有成婚，他眼界高，他看上的女孩子人家看不上他，他的婚姻不是我耽誤的……」

三十年後我才逐漸了解晚期的朱橋其實是在精神耗弱的狀態下，產生了極度的「沮喪」。這事如果發生在今天，醫生會認為這只不過是極平常的「憂鬱症」，每天早晨吃一顆「百憂解」也就過去了。可憐當年的朱橋雖一度皈依佛門，卻仍然二度自殺，似乎下定必死的決心。

曾經，為了催稿，他在作者家中整夜苦苦守候。曾經，他自掏腰包預付某些作者的稿費。他曾經把《幼獅文藝》辦得多麼叫好又叫座啊！

此刻，這封三十三年前來自編者案頭的信竟忽焉出現在我眼底，令我驚悚流淚。是前世的信嗎？真的有點像，古人是以三十年為一世的。雖然，所謂的三十年，其實，也只像一瞬。

那時代窮，還沒有發明什麼用五萬十萬的巨額獎金去鼓勵文學青年的事（文學青年一概皆靠編者的信來加以鼓勵）。民國五十五年，我參加了獎金千元的「學藝競賽」，並且得了獎。我當時廿五歲，翌年，我獲得中山文藝獎（獎金五萬元），以後又曾獲得十萬的或四十萬的獎金——奇怪的是，我最最難忘的卻是這獎額千元的獎，只因評審會中有人因我的文章而哭泣。那淚水，勝過千萬金銀。

台灣剛解嚴的那陣子，有外國電視記者來訪問，他提出的問題是：

「尚未解嚴的時候，你的寫作是不是很不自由？」

我說：

「不，我一向都是自由的，我想寫什麼就寫什麼——問題是編輯，看他敢不敢登而已。」

民國五十五年，我寫了〈十月的哭泣〉，算是當時威權能忍受的極限吧？而朱橋在《幼獅》上刊登此文，其實也冒著摜掉總編頭銜的危險吧？我當時少不更事，哪裡知道自己痛快馳文之際，竟會害別人要賭上自己的前程。當今之世，肯為作者而一擲前程的編者又有幾人呢？

朱橋的那封信是這樣寫的：

曉風小姐：

我願意向你致最大的敬意，當我讀完〈十月的哭泣〉之後，正和你含著淚寫一樣，我也含著淚讀。今天，我給魏子雲先生看，他比我更為激動，他不竟（僅）是熱淚盈眶，而且他說要找一座山痛哭一場。

尼采說：「余最愛讀以血淚寫成的作品」，惟有以真誠的情感，才能打動人，特別是在我們今天處於這個慘痛的悲劇時代，本著這份感知，就我一個平凡的人而言，多少年的清晨與長夜，我都是為著一點愛國熱忱，貢獻了我能貢獻的。就我編《幼獅文藝》後，雖然不如理想，但也看得出這份努力的心意。對於當前文壇上那些享受虛名與漁利之徒，時常令我齒冷，目前風氣所趨，也是徒喚奈何的，因此，我對你抱著「那個題材不感動你的，而不遽爾下筆」是非常對的，希望你保持這份難得的態度。

學藝競賽收稿已截止，就我觀察而言，你的大作「獲獎」是絕無問題的了。你信中說，你在情緒激動之下完成此作，有些小地方需要斟酌，我和魏子雲先生研究很久，略為改動幾處幾個字，同時把題目擬改為〈十月的陽光〉。我們也知道，一字不改最好，因為你已用得很妥切了。為了免得被一些膚淺之輩斷章取義，還是略加更改的為好，雖然，我們的刊物政治立場鮮明，但比任何民營報刊更不八股，別人不敢刊登的，我們反而敢刊登，我們敢刊登的別人亦未見得敢刊登，所以，改動數字幾乎是必須的，尚請卓裁！

我非常快慰，能獲得大作參加學藝競賽，謝謝您給我們這篇好文章！敬祝

大安

朱橋　五十五年十月十七日

以今天的標準來看，那篇文章只不過大膽真實，並沒有什麼忤逆之處。但是事隔幾年，當齊邦媛教授和余光中教授兩人要把該文選入某文選的時候，兩人也彼此作壯語道：

「管他的，殺頭就殺頭，選是一定要選的。」

我很慶幸，齊余兩人的大好頭顱都安全無恙。而我，其實我並沒有做什麼壞事，我只不過在三十三年前的十月慶典上哭泣，當局一向要的是高呼萬歲——而我卻哭泣，不料竟引動眾人與我一同哭泣……。

啊！三十三年前，那曾是一個怎樣的時代啊！

我曾於兩年前為隱地的書寫序，其中有段論述是這樣寫的：

> 曾經聽一位老作家用十分羨慕的口吻說起現代年輕一輩的作者：
>
> 「我覺得他們真了不起，他們又聰明又有學問，又有文筆。他們以後的成就一定不得了——不像我們當年，沒有科班出身，只好瞎摸！」
>
> 我反駁說：
>
> 「也不見得，這一代，他們的確比較精明幹練，但要說文學上的成就，那又是另一回事了。」
>
> 「怎麼說呢？」

「文學這東西，」我說：「太聰明的人根本碰不得，聰明人就會分心，就會旁騖。老一輩的作者，文學對他們而言就好像風雪暗夜荒原行路人手中所拿的那根小火炬，因為風大，你只好用手護著火苗——而護得急了，連手都差點燒爛。但你不能不好好護著它，因為在群狼當道的原野中，一旦火熄了，你就完了。那火炬成了你的唯一，你忍著手心的疼痛，抵死護好那小小的竄動的火苗。」

「現在的作者不是，寫作是他眾多本領中的一項，他靠此吃飯，或者不靠此吃飯，他表演，他享受掌聲和金錢，他游走，他回來，他在排行榜上。他翻閱這個月的新書，他的心不痛，從來不痛，因為他是個快樂的書寫作業員。」

「而老一輩的作者，他們手中捧著火苗前行，那火苗便是文學。那燙得人手心灼痛欲焦的文學。你忍受，只因在茫茫荒郊、漫漫長夜，風雪相侵，生死交扣的時刻，捨此之外，你一無所有。」

「相較之下，今日的文學是眾多消費品中的一項，是琳瑯市場上和肥皂和電池和冰箱除臭劑和洋芋片和保險套一起販售的東西。一旦退貨，立刻變成紙漿。」

「現代的作者也許更有才華，但文學女神要的祭品卻是你的痴狂和忠貞。」

我今天重讀三十三年前一個編輯、一個文學人對年輕作者的殷殷期許，內心惶愧交煎。所有的生者對死者其實都欠著一副擔子，因為死者謝世之際，無形中等於說了一句：

「擔子，該由你們來挑了。」

當年曾經受人祝福，受人包容，受人期許的我，此刻，總該像地心的融雪之泉，為自己流經的土地而噴珠濺玉吧？

我真的肯做一個樂人之樂，苦人之苦、因別人的傷口而流血、因遠方的哭聲而傾淚的人嗎？手中捏著前世的信，我逼問我自己。

——原載八十八年七月十八日《聯合報》副刊

衣衣不捨

1

據說有人用寫日記來記錄個人歷史，有人用照片，而我，用衣服。

如果人生如戲的話，我最感興趣的既不是情節，也不是人物，反而是服裝、道具和燈光舞台。

看張愛玲的《對照記》，不知怎的，只覺一個女人的一生好像最後只留下幾件衣服的回憶，當然不只是衣服，而是那件衣服裡的自己，自己的身體。像余光中的詩裡說的，擁抱你的，是大衣。

2

我很懷念古代（所謂「古」，是指五十年前），那時候據說有一種小偷，專偷衣服，他們有一種特技，就是用長竹竿綁個鉤子，從人家的窗子裡伸進去鉤衣服。

「他們偷衣服能幹嘛呢？」新新人類一定大惑不解。

啊，新新人類那裡會懂，衣服，甚至舊衣服，在那個時代都算是一筆資產，值得偷，有資格進當鋪，還可以當遺產分贈。

早年，在我屏東的老家，也常有原住民站在矮牆外，用腔調奇特的國語叫道：

「太太，有沒有舊衣服，我拿小米跟你換啦！」

弟弟妹妹的衣服褲子後來就都去了三地門了。那時代的衣服像日本天皇，萬世一系，代代相傳，其間當然可能從大衣變短襖，但卻常相左右，永不滅絕——我這樣說，你大概有點明白我跟衣服之間的感情了。

3

三十年前的一個夏天，我到台南去赴一個寫作營，和孫康宜住在同一間寢室（她那時還是文藝少女，讀東海，現在都已是耶魯大學的東亞系主任了）我當時正懷胎三月，人萎萎蔫蔫的，她當然看出來了，不久以後，知道的人就更多了。於是周圍一時佈滿關愛的眼神。

「下了課你到我家來，我有東西給你。」說這話的是譚天鈞大夫，她是當時旅美華人中有名的醫生，專攻小兒癌症，但那段時間她因陪夫婿而回台灣小住。

我不知道這個名滿天下的女醫師有什麼東西要給我？我們兩人所學的東西相差太遠，不料她居然抱出一堆衣服，說：

「這是我從前懷孕時穿的衣服，現在用不著了，想送給妳。」

啊，原來是最原始的女人和女人之間的事，我欣然拿回了那包衣服，只是心裡有些納悶，她的女兒已經五、六歲了，她這些衣服為什麼遲遲沒有送出去呢？是本來打算再生一個後來卻又放棄了呢？還是「寶劍贈英雄」不看到順眼的人就不輕易相贈呢？她回台雖也去榮總，但是短期客卿身分，東西帶的當然愈少愈好，為什麼偏又帶著這些衣服呢？是為了溫暖的回憶嗎？不知道，我把玩著那些衣服，覺得衣服像是活的，還可以聽到上一個孩子的胎音。

我當時因為身材尚未膨脹，一時還用不著，所以衣服便只能掛在那裡提供想像了。那些衣服設計精良，基本上都是一套兩件式的。裙子在肚子部分挖一個洞，上衣則作金鐘形，可以罩住那件有洞的裙子。

其中有一套是高領窄裙，穿來簡直像旗袍，它的花色又以黃菊為主，那年頭好像只有西方人才會設計出那麼東方味道的衣服。

到了十一月，肚子真的大起來了，我去領中山文藝散文獎，穿的便是其中一套藍綠色的孕婦裝。這些衣服，我至今留著，在寸土寸金的台北，留一櫃子不穿的衣服實在不可思議，但我把它定位為「家史館」，並且至今並沒有打算取消這項編制。

4

「家史館」裡當然還有其他成員的東西，例如父親年輕時穿的長統馬靴，以及他年老時家居穿的黑色布鞋。丈夫在婚禮中穿的上衣是鐵灰色的，微有光澤。還有孩子上幼稚園時穿的小圍兜，上面分明還繡著「衛理幼稚園」的字樣，然而一瞬間，櫃中已加掛了他的博士袍，加州理工學院的化學博士，我多麼不習慣聽旁人叫他Dr.林啊！彷彿昨天他還是穿圍兜的小孩，在幼稚園裡玩翹翹板，啊，不要告訴我他已是三十歲的「博士後研究員」，我只能相信他仍是一個小孩，只不過此刻他不在玩翹翹板，而在玩實驗室中的試管。也許我更記得的是，孕婦衣上挖開一個好玩洞，洞裡冒出圓圓的肚子，而他曾躲在那肚子裡如一個待猜的深奧的謎底……。

女兒的衣服就更複雜了，粉紅色用毛線鉤出的洋裝，是阿姨的手澤。酪梨綠的那一件是她五歲時的第一件小禮服，穿上那件衣服你忽然發覺有個小淑女在隱隱成形。蠟染布的那一件很有南洋風，是她小學六年級的時候自己大膽剪裁並且車成的……啊，不要忘記角落裡那把小洋傘，故事要拉到民國卅六年，當時我的六阿姨和一位飛行員結婚，去西湖度蜜月，回來買了一把絲綢傘來相贈，傘面上畫的是斷橋殘雪，綢子作緋紅色，輕輕的撐開啊，輕輕的撐，五十三年前的蠶和它們的絲繭，五十三年前的雪景，五十三年前的湖光，五十三年前一個美麗女子的新婚旅行……。

咦，衣櫥下面怎麼會有一個橢圓形的塑膠小紅盆呢，啊，想起來了，那是兒子女兒小時候洗澡用的。啊！那時候他們的身體是多麼多麼小啊！

5

「家史館」中不是家人衣服的也有一件，那是朋友的。

韓偉院長走的時候是民國七十三年，那一年，他才五十六歲，我去找韓大嫂，說：「可不可以把韓大哥那件紅色蘇格蘭格子上衣送我，我一直記得他穿這件衣服的時候，那種溫暖的感覺。」韓大嫂便在出國前把這件衣服找出來分給了我。一九九九年尾，我的丈夫還穿著這件衣服去參加聖誕子夜崇拜，十六年了，重見故人的衣服，竟彷彿看到捐贈移植因而繼續活著的器官，令人疑幻疑真，一時淚如雨下。

6

家人不太輕易去靠近那衣櫥，動人的東西總不宜常碰。偶然一窺，彷彿打開時光隧道，令人衣衣不捨，因為衣衣各有其故事。

你信不信？每件衣服裡都曾住過一個「我」，都值得回顧留戀。蟬蛻裡住過蟬，貝殼裡住過柔軟的貝肉，霓裳羽衣裡住過膚如凝脂的楊玉環，纖纖的繡花鞋裡住著受苦的三寸金蓮。某些貼身的毛衣甚至留下主人彎肘的角度，看了不免要牽動最脆弱的柔情。

身體消失了，留下的是衣服，一件一件，半絲半縷，令人依依不捨。

——原載八十九年三月一日《中國時報》人間副刊

輯三／鞦韆上的女子

在公路上撒「露奔」花籽的女子

「露奔」（Lupine），這是我為那種花所取的名字。其實它的名字已有標準翻譯，叫「羽扇豆花」，但我更喜歡自己的音譯。

人活得愈久，跟這個世界的萬事萬物便愈有牽連，這真是好事。以前沒見過的冰原，現在常來入夢了。以前沒吃過的美食，現在令人魂思夢想了。還有花，啊！花真是奇蹟，就算你認識了一萬種花，當你有機會認識第一萬零一種花的時候，你仍然覺得驚奇仍然為之顛倒。

和許多花后級的花相比（例如荷、玫瑰、百合或牡丹），露奔並不顯得特別出色。但它倚多為勝，一開便開它幾百公里，再堅硬的心也會被它重複了億兆次的美麗叮嚀所打動。

更何況，我無意間又聽得一個跟它有關的故事。

那天，我們在紐西蘭旅行，「基督城」——這個素有「花園城」之稱的地方——是我們離開首都奧克蘭之行的第一站。

住進旅店之後，丈夫說要打電話給蘇美恩，蘇是一位宣教士，二十年前在台灣傳道，是個很開朗很細心的女子。要撥電話的時候，丈夫才忽然發覺，他不知道蘇的英文名字。我笑起來：

「啊，我們那時都忘了她原來是有英文名字的。我們覺得她天生就該是用中文名字蘇美恩的人。」

還是硬著頭皮撥了電話，她自己接的，倒省了麻煩。聽說是我們來了，她急急跑到旅館來，把我們和我們同行的朋友一起帶去她家。

她的家和基督城大部分的人家一樣，是一處花叢。這個城裡的人，其居家之處看來主要是一大片花圃，一切似乎都是為種花而開闢的。所謂家，其實是花的安身立命之處。至於人呢，人只是順便夾住在花間的一種附屬生物而已。蘇的家唯一和別家不同的大概在於花氣更旺，玫瑰更大朵且更香甜吧！

我們在起居室聊天，我的眼睛一直離不開一幅畫像。畫上是一個碧眼金髮的安靜女子，手持花鏟正坐在玫瑰園裡小憩。那女子穿著家常衣服，淡眉素顏，卻麗質天生。而最動人的是，她於自己的美麗竟完全渾沌無知。她幾乎等同於玫瑰國裡的一朵玫瑰或草尖的一滴露珠，她那不設防的天真令人隱隱不安。

而我，我來自一個人人步履矯捷，目光斬利如精鋼的國度。對於這樣持著花鏟，淡淡地坐在玫瑰園裡的美女不免震動。很顯然的，這樣的女子如果你問她一句：「最近都忙些什麼？下年度的工作計畫是什麼？」她會毫不慚愧的回答你說：「正在打算為下一批玫瑰插枝。」

我終於忍不住要問蘇，這人是誰？

「是我母親，她去年去世了。」她說，「她去世的時候八十多了，這幅像，是她四十歲那一年一個朋友畫的，畫好了，一直都放在儲藏室裡，也沒理會它。一直到媽媽去世了，要舉行追思禮拜的時候，大家才想起這幅畫來。你知道，我們西方人的習慣，在追思禮拜的時候是沒有照片的。但我想起台灣，你們的習慣是有的。我於是照台灣的習慣把這幅油畫搬到教堂去，結果，每一個人走進教堂都會對她看一眼，都一一點頭微笑，發出『哦！』的一聲，若有所思……」

大家都不說話了，只盯著那柔和晶藍的眼睛，讓自己沉溺其間。

「明天你們要去庫克山？」

「對。」

去基督城的人一定會上庫克山，庫克山冰雪封頂，碧湖環拱，冷豔絕倫，沒有人能抗拒那樣的美景。

「去庫克山的路上，你們會看到一種花叫露奔，一根根像插在那裡的蠟燭。有粉紅的，有紫的，有藍的……平常它們十二月開得最好，現在一月了，但應該還看得到。那些花，就是我媽媽種下去的！」

「啊！」我不禁好奇「你媽媽為什麼要跑到公路上去撒花籽呢？」

「她說那條路那麼長（大約要開三四小時），很沉悶，沒什麼意思，如果有花，就不同了。所以有一年她就向英國郵購了些花種籽去撒。」

「這是什麼時候的事？」

「好像是一九五六年，那一年，露奔在英國都缺貨，公司向顧客說，全讓一個紐西蘭太太買去了。」

「請問那花的名字怎麼拼？」

「叫Lupine。」她一個字一個字拼給我聽。

第二天上路，果然看到蘇所形容的蠟燭似的露奔花。它把漠漠草原當成繡花繃子，東一針西一針地繡上情意無限的五顏六色，令人不時驚呼稱奇。

朔風野大，但我們仍然忍不住奔下車來，蹲在路邊看花。蹲踞下來以後，人和花遂有了平等的位置，可以開始對話了。想當年，那碧眼金髮的女子撒下花籽的時候，也是這樣屈身貼近大地的吧？

如果這迢迢遠路沒有露奔來點染又如何呢？我想大概也就算了，反正過去千年萬年的歲

開滿「露奔」的山谷（作者提供）

月裡，它不也就那麼荒著嗎？但四十年前有一個女子，忽然動了綺麗的一念，從此遂有了這番「錦繡專案」。年復一年，四十度春來秋去，花成籽，籽成花，遂成就了這二百公里的野花燎原的壯觀景致。

而豆科的花，一向有它們自己的家族遺傳特徵，即是每朵花都微微凹陷下去，那種陷落既像漩渦，也像口袋——不是普通口袋，而是唐代詩人李賀用來盛裝靈感詩句的「古錦囊」，或者平劇故事中某個新娘盛放璀璨珠寶以濟助別人的「鎖麟囊」。它又如沙漠中的「莫高窟」，一窟一窟都溢滿色彩，並注滿香冽的清風。古人相信「風自穴中出」，而什麼是穴呢？岩穴是穴，花穴也是穴。我想，在這莽莽無際的紐西蘭大草原上，所有的風吹累的時候都樂於駐紮在花心那溫柔的凹穴裡。

四十年前撒花籽的時候，那美麗女子的大兒曾陪她一起向風中播揚第一代的「美的基因」。而後來，那男孩取得了農業博士學位，他還寫了一篇有關露奔花如何有益於土地的文章。

我在四十年後前來，昔日的美人已成黃土。但屬於她的眸光卻在滿山遍野中與我互相凝視，其親切其逼真，恍如面對面在四目相接。

關於草木，孔子似乎認為從詩經裡去認識，比從博物課本去認識更好。而我卻較喜歡故事，從朋友家的故事去知道世上有一種露奔花真好。我喜歡聽說在遙遠的南半球，有一大片野花。那些花曾在某一年播自某個美麗女子的手……

我會記得，那美麗的一念是如何透過撒種而不朽。

——原載八十六年三月三十一日《中央日報》副刊

卓文君和她的一文銅錢

下午的陽光意外的和煖，在多煙多嶂的蜀地，這樣的冬日也算難得了。藥香微微，爐火上氤氳著朦朧的白霧。那男子午寐未醒，一隻小狗偎著白髮婦人的腳邊打盹。

這麼靜。

婦人望著榻上的男子，這個被「消渴之疾」所苦的老漢（按：古人稱糖尿病為消渴之疾），他的手腳細瘦，膚色黯敗，她用目光愛撫那衰殘的軀體。

一生了，一生之久啊！

「這男人是誰呢？」老婦人卓文君支頤傾視自問。

記憶裡不曾有這樣一副面孔，他的額髮已禿，頸項上疊著像駱駝一般的贅皮。他不像當年的才子司馬相如，倒像司馬相如的父親或祖父。年輕時候的司馬雖非美男子，但肌膚堅實，顧盼生姿，能將一把琴彈得曲折多情如一腔幽腸。他又善劍，琴聲中每有劍風的清揚裊健。又彷彿那琴並不是什麼人製造的什麼樂器，每根琴絃，一一都如他指尖瀉下的寒泉翠瀑，琤琤琮琮，淌不完的高山流水，谷煙壑雲。

猶記得那個遙遠的長夜，她新寡，他的琴聲傳來，如荷花的花苞在中宵柔緩拆放，彈指間，一池香瓣已燦然如萬千火苗。

她選擇了那琴聲，冒險跟隨了那琴聲，從父親卓王孫的家中逃逸。從此她放棄了僕從如雲，揮金如土的生涯。她不覺乍貧，狂喜中反覺乍富，和司馬長卿相守，彷彿與一篇繁富典麗的漢賦相廝纏，每一句，每一逗，都華豔難蹤。

啊，她永遠記得的是那倜儻不群的男子，那用最典贍的句子記錄了一代大漢盛世的人——如果長卿注定是記錄漢王朝的人，她便是打算用記憶來網絡這男子一生的人。

而這男子，如今老病垂垂，這人就是那人嗎？有什麼人將他偷換了嗎？卓文君小心的提起藥罐，把藥汁濾在白瓷碗裡，還太燙，等一下再叫他起來喝。

當年，在臨邛，一場私奔後，她和愛胡鬧的長卿一同開起酒肆來。他們一同為客人沽酒、燙酒，洗杯盞，長卿穿起工人褲，別有一種俏皮。開酒肆真好，當月光映在酒卮裡，實在是世間最美麗的景象啊！可惜酒肆在父親反對下強迫關了，父親覺得千金小姐賣酒是可恥的。唉！父親卻從來不知賣酒是那麼好玩的事啊！酒肆中觥籌交錯，眾聲喧譁，糟麴的暖香中無人不醉——不是酒讓他們醉，而是前來要買它一醉的心念令他們醉。

想著，她站起來，走到衣箱前，掀了蓋，掏摸出一枚銅錢，錢雖舊了，卻還晶亮。她小心的把銅錢在衣角拭了拭，放在手中把玩起來。

這是她當年開酒肆賣出第一杯酒的酒錢。對她而言，這一錢勝過萬貫家財。這一枚錢一直是她的祕密，父親不知，丈夫不知，子女亦不知。珍藏這一枚錢其實是珍藏年少時那段快樂的私奔歲月。能和當代筆力最健的才子在一個鑪前賣酒，這是多麼興奮又多麼扎實的日子啊！滿室酒香中盈耳的總是歌，迎面的都是笑，這枚錢上彷彿仍留著當年的聲紋，如同冬日結冰的池塘長留著夏夜蛙聲的記憶。

酒肆遵父命關門的那天，卓王孫送來僕人和金錢。於是，她知道，這一切逾軌的快樂都結束了。從此她仍將是富貴人家的妻子，而她的夫婿會挾著金錢去交游，去進入上流社會，會以文字干祿。然後，他會如當年所期望的，乘「高車駟馬」走過昇仙橋。然後，像大多數得意的男子那樣，娶妾。他不再是一個以琴挑情的情人。

事情後來的發展果真一如她所料，有了功名以後，長卿一度想娶一位茂陵女子為妾（啊！身為蜀人，他竟已不再愛蜀女，他想娶的，居然是京城附近的女子），文君用一首〈白頭吟〉挽回了自己的婚姻——對，挽回了婚姻，但不是愛情。

皚如山上雪　皎若雲間月

聞君有兩意　故來相決絕
……………………
淒淒復淒淒　嫁娶不須啼
願得一心人　白頭不相離
……………………

「一心人」？世上有那一心一意的男人嗎？

藥涼了，可以喝了，她打算叫醒長卿，並且下定決心繼續愛他。不，其實不是愛他，而是愛屬於她自己的那份愛！眼前這衰朽的形體，昏眊的老眼，分明已一無可愛，但她堅持，堅持忠貞於多年前自己愛過的那份愛。

把銅錢放回衣箱一角，下午的日光已翳翳然，卓文君整髮斂容，輕聲喚道：

「長卿，起來，藥，熬好了。」

——原載八十八年二月號《聯合文學》雜誌

鞦韆上的女子

楔子

我在備課——這樣說有點嚇人，彷彿有多模範似的，其實也不是，只是把秦少游的詞在上課前多看兩眼而已。我一向覺得少游詞最適合年輕人讀；淡淡的哀傷，悵悵的低喟，不需要什麼理由就愁起來的愁或者未經規畫便已深深墮入的情劫……

「鞦韆外，綠水橋平。」

啊，鞦韆，學生到底懂不懂什麼叫鞦韆？他們一定自以為懂，但我知道他們不懂，要怎樣才能讓學生明白古代鞦韆的感覺。

這時候，電話響了，索稿的——緊接著，另一通電話又響了，是有關淡江大學「女性書寫」研討會的，再接著是東吳校慶籌備組規定要即交散文一篇，似乎該寫點「話當年」的情節，催稿人是我的學生張曼娟，使我這犯規的老師惶惶無詞……

然後，糟了，由於三案並發，我竟把這幾件事想混了，鞦韆，女性主義，東吳讀書，少年歲月，粘黏為一，撕扯不開……。

漢族，是個奇怪的族類，他們不但不太擅長於唱歌或跳舞，就連玩，好像也不太會。許多遊戲，都是西邊或北邊傳來的——也真虧我們有這些鄰居，我們因這些鄰居而有了更豐富多樣的水果、嘈雜淒切的樂器、吞劍吐火的幻術……以及哎，鞦韆。

在台灣，每個小學，都設有鞦韆架吧？大家小時候都玩過它吧？

但詩詞裡「鞦韆」卻是另外一種，它們的原籍是「山戎」，據說是齊桓公征伐山戎的時候順便帶回來的。想到齊桓公，不免精神為之一振，原來這小玩意兒來中國的時候正當先秦諸子的黃金年代。而且，說巧不巧的，正是孔老夫子的年代。孔子沒提過鞦韆，孟子也沒有。但孟子說過一句話：「咱們儒家的人，才不去提他什麼齊桓公晉文公之流的傢伙。」

既然瞧不起齊桓公，大概也就瞧不起他征伐勝利後帶回中土的怪物鞦韆了！

但這山戎身居何處呢？山戎在春秋時代住在河北省的東北方，現在叫做遷安縣的一個地方。這地方如今當然早已是長城裡面的版圖了，它位在山海關和喜峰口之間，和中共高幹常去避暑的北戴河同緯度。

而山戎又是誰呢？據說便是後來的匈奴，更後來叫胡，似乎也可以說，就是以蒙古為主的北方異族。漢人不怎麼有興趣研究胡人家世，敘事起來不免草草了事。

有機會我真想去遷安縣走走，看看那鞦韆的發祥地是否有極高大奪目的漂亮鞦韆，而那裡的人是否身手矯健，可以把鞦韆盪得特別高，特別恣縱矯健——但恐怕也未必，胡人向來絕不「安於一地」，他們想來早已離開遷安縣，遷安兩字顧名思義，是鼓勵移民的意思，此地大概早已塞滿無往不在的漢人移民。

哎，我不禁懷念古鞦韆的風情起來了。

《荊楚歲時記》上說：「秋千，本北方山戎之戲，以習輕趫，後中國女子學之，楚俗謂之施鉤，涅槃經謂之罥索。」

《開元天寶遺事》則謂：「天寶宮中，至寒食節，競豎鞦韆，令宮嬪輩，戲笑以為宴樂，帝呼為半仙之戲。都市士民因而呼之。」

《事物紀原》也引《古今藝術圖》謂：「北方戎狄愛習輕趫之態，每至寒食為之，後中國女子學之，乃以條繩懸樹之架，謂之秋千。」

這樣看來，鞦韆，是季節性的遊戲，在一年最美麗的季節——暮春寒食節（也就是我們的春假日）——舉行。

試想在北方苦寒之地，忽有一天，春風乍至花鳥爭喧，年輕的心一時如空氣中的浮絲游架飄飄颺颺，不知所止。

於是，他們想出了這種遊戲，這種把自己懸吊在半空中來進行擺盪的遊戲，這種遊戲純粹呼應著春天來時那種擺盪的心情。當然也許也和叢林生活的回憶有關。打鞦韆多少有點像泰山玩藤吧？

然而，不知為什麼，事情傳到中國，打鞦韆竟成為女子的專利。並沒有哪一條法令禁止中國男子玩鞦韆，但在詩詞中看來，打鞦韆的竟全是女孩。

也許因為初傳來時只有宮中流行，宮中男子人人自重，所以只讓宮女去玩，玩久了，這種動作竟變成是女性世界裡的女性動作了。

宋明之際，禮教的勢力無遠弗屆，漢人的女子，裹著小小的腳，蹭蹬在深深的閨閣裡，似乎只有春天的鞦韆遊戲，可以把她們盪到半空中，讓她們的目光越過自家修築的銅牆鐵壁，而望向遠方。

那年代男兒志在四方，他們遠戍邊荒，或者，至少也像司馬相如，走出多山多嶺的蜀郡，在通往長安的大橋橋柱上題下：

「不乘高車駟馬，不復過此橋。」

然而女子，女子只有深深的閨閣，深深深深的閨閣，沒有長安等著她們去功名，沒有拜將台等著她們去封誥，甚至沒有讓嚴子陵歸隱的「登雲釣月」的釣磯等著她們去度閒散的歲月（「登雲釣月」是蘇東坡題在一塊大石頭上的字，位置在浙江富陽，近杭州，相傳那裡便是嚴子陵釣灘）。

我的學生，他們真的會懂鞦韆嗎？他們必須先明白身為女子便等於「坐女監」，所不同的是有些監獄窄小湫隘，有些監獄華美典雅。而鞦韆卻給了她們合法的越獄權，她們於是看到遠方，也許不是太遠的遠方，但畢竟是獄門以外的世界。

秦少游那句「鞦韆外，綠水橋平」，是從一個女子眼中看春天的世界。鞦韆讓她把自己提高了一點點，鞦韆盪出去，她於是看見了春水。春水明豔，如軟琉璃，而且因為春冰乍融，水位也提高了，那女子看見什麼？她看見了水的顏色和水的位置，原來水位已經平到橋面去了！

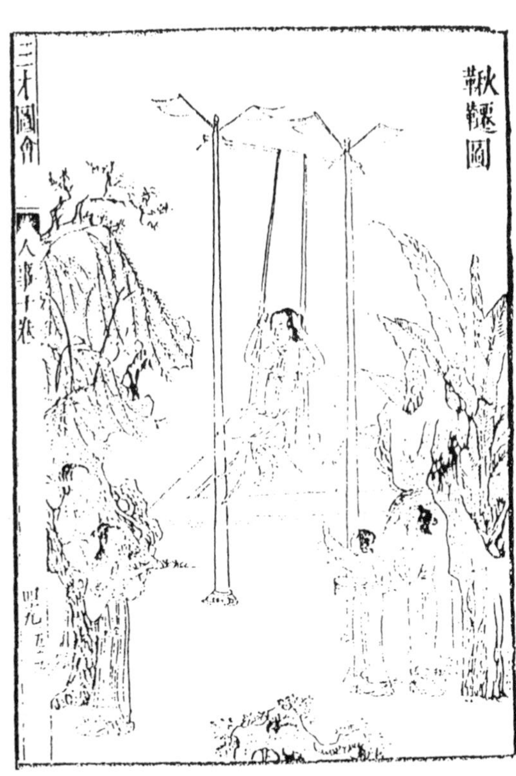

牆內當然也有春天，但牆外的春天卻更奔騰恣縱啊！那春水，是一路要流到天涯去的水啊！

只是一瞥，另在鞦韆盪高去的那一剎，世界便迎面而來。也許視線只不過以二公里為半徑，向四面八方擴充了一點點，然而那一點是多麼令人難忘啊！人類的視野不就是那樣一點點地拓寬的嗎？女子在那如電光石火的剎那窺見了世界和春天。而那時候，隨風鼓脹的，又豈只是她繡花的裙襬呢？

眾詩人中似乎韓偓是最刻意描述美好的「鞦韆經驗」的，他的鞦韆一詩是這樣寫的：

池塘夜歇清明雨
繞院無塵近花塢
五絲繩繫出牆遲
力盡纔瞵見鄰圃
下來嬌喘未能調
斜倚朱闌久無語
無語兼動所思愁
轉眼看天一長吐

其中形容女子打完鞦韆「斜倚朱闌久無語」、「無語兼動所思愁」頗耐人尋味。「遠方」，也許是治不癒的痼疾，「遠方」總是牽動「更遠的遠方」。詩中的女子用極大的力氣把鞦韆盪得極高，卻僅僅只見到鄰家的園圃——然而，她開始無語哀傷，因為她竟因而牽動了「鄉愁」——為她所不曾見過的「他鄉」所興起的鄉愁。

韋莊的詩也愛提鞦韆，下面兩句景象極華美：

紫陌亂嘶紅叱撥（紅叱撥是馬名）
綠楊低映畫秋千（〈長安清明〉）
好似隔簾花影動
女郎撩亂送秋千（〈寒食城外醉吟〉）

第一例裡短短十四字便有四個跟色彩有關的字，血色名馬驕嘶而過，綠楊叢中有精工繪畫的秋千……。

第二例卻以男子的感受為主，詩詞中的男子似乎常遭鞦韆「騷擾」，鞦韆給了女子「一點點壞之必要」（這句型，當然是從瘂弦詩裡偷來的），盪秋千的女子常會把男子嚇一跳，她是如此臨風招展，卻又完全「不違禮俗」。她的紅裙在空中畫著美麗的弧，那紅色真是既奸又險，她的笑容晏晏，介乎天真和誘惑之間，她在低空處飛來飛去，令男子不知所措。

張先的詞：

那堪更被明月
隔牆送過鞦韆影

說的是一個被鄰家女子深夜打鞦韆所折磨的男子。那女孩的身影被明月送過來，又收回去，再送過來，再收回去……。

似乎女子每多一分自由，男子就多一分苦惱。寫這種情感最有趣的應該是東坡的詞：

牆裡鞦韆牆外道
牆外行人牆裡佳人笑
笑漸不聞聲漸悄
多情卻被無情惱

由於自己多情便嗔怪女子無情，其實也沒什麼道理。盪鞦韆的女子和眾女伴嬉笑而去，才不管牆外有沒有癡情人在癡立。

使她們愉悅的是春天，是身體在高下之間擺盪的快意，而不是男人。

韓偓的另一首詩提到的「鞦韆感情」又更複雜一些：

想得那人垂手立
嬌羞不肯上秋千

似乎那女子已經看出來，在某處，也許在隔壁，也許在大路上，有一雙眼睛，正定定的等著她，她於是僵在那裡，甚至不肯上鞦韆，並不是喜歡那人，也不算討厭那人，只是不願讓那人得逞，彷彿多趁他的心似的。

眾詩詞中最曲折的心意，也許是吳文英的那句：

黃蜂頻撲鞦韆索
有當時，纖手香凝

由於看到鞦韆的絲繩上，有黃蜂飛撲，他便解釋為打鞦韆的女子當時手上的香已在一握之間凝聚不散，害黃蜂以為那繩索是一種可供採蜜的花。

啊，那女子到哪裡去了呢？在手指的香味還未消失之前，她竟已不知去向。

——啊！跟鞦韆有關的女子是如此揮灑自如，彷彿雲中仙鶴不受網弋，又似月裡桂影，不容攀折。

然而，對我這樣一個成長於二十世紀中期的女子，讀書和求知才是我的鞦韆吧？握著柔韌的絲繩，藉著這短短的半徑，把自己大膽的拋擲出去。於是，便看到牆外美麗的清景；也許是遠岫含煙，也許是新秧翻綠，也許雕鞍上有人正起程，也許江水帶來歸帆……世界是如此富豔難蹤，而我是那個在一瞥間得以窺伺大千的人。

「窺」字其實是個好字，孔門弟子不也以為他們只能在牆縫裡偷看一眼夫子的深厚嗎？是啊，是啊，人生在世，但讓我得窺一角奧義，我已知足，我已知恩。

我把從《三才圖會》上影印下來的鞦韆圖戲剪貼好，準備做成投影片給學生看，但心裡卻一直不放心，他們真的會懂嗎？真的會懂嗎？曾經，在遠古的年代，在初暖的薰風中，有一雙足悄悄踏上板架，有一雙手，怯怯握住絲繩，有一顆心，突地向半空中盪起，盪起，隨著花香，隨著鳥鳴，隨著迷途的蜂蝶，一起去探詢春天的資訊。

——原載八十八年六月十七～十八日《中國時報》人間副刊

輯四／放爾千山萬水身

星星都已經到齊了

1 天之驕子

那時候，是二千年前，他們還沒有開始用文字寫歷史——對，那時候世界上大多數的民族還沒有文字，——然而我們的《史記》和《漢書》卻仔細地記錄了他們的金色童年。

那時候，他們的名字是匈奴。說得更含混一些，便是「胡」。

「胡者，天之驕子。」《漢書》上是這樣記錄的。

大多的人都聽過「天之驕子」的成語，但很少人知道這句話是指北方的異族而言——對漢宮裡儒雅的君臣而言，他們只好形容自己是上天乖順安靜的孩子，但老天卻不知怎的在北方又生出那麼一個古怪強悍的孩子。他們的部族裡沒有孔子孟子，沒有屈原或司馬相如。然而他們跨馬而來，揚塵千里。漢民族在體能上，不是他們的對手。漢人食穀，胡人食肉，漢人養牛助耕，胡人養馬備戰。漢人和土地之間可以百年廝守，胡人的家卻背在馬背上，可以向地球任一個點上落腳。

我們無話可說，只好承認他們是上天恃寵而驕的另一個孩子。這「天之驕子」後來果真成了蒙古帝國，版圖橫跨歐亞，希臘亞歷山大大帝的霸業和它一比，不免黯然失神。

然而它的輝煌前後不過二百年，然後，達達的馬蹄又回到草原，彷彿什麼事也沒有發生過。像某個詩人說的，「打天下，亦只是閒情」。對蒙古人而言，那場驚天動地的長征亦只如春來草原上的好手摔角，他們略一用力，把當時重要的好手全都摔倒在地。按照禮儀，敗方必須在勝方的右腋下低頭鑽過，而勝方繞場一周，作大鵬拍翅稱雄的動作，儀式便告完成。蒙古人千年前那一場大勝也只是如此，輸贏是一陣風，過去也就過去了，草原才是永恒的。

然而，今天，我來叩訪這片土地，他們，那二千年前被漢人稱為天之驕子的，那一千年前令人聞風喪膽的部族，今日又復如何呢？

2 紅色英雄

我原來略會幾個蒙古單字，多半是從元雜劇和平劇裡聽到的：

其一是「巴都魯」，直譯過來是「英雄」，放在戲裡其意思略等於「眾將官」。

其二是「哈拉」，意思是殺頭。

其三是「也麼哥」，是個語尾驚嘆詞。

其四是「額莫」，指的是媽媽（其實很近阿媽這個音）。

其五是「安答」，指的是兄弟般的朋友。

其六是「博格達汗」，那是歷史書上的專有名詞，我並不甚了解。

沒想到一到首都烏蘭巴托就立刻用上了第一個字，原來烏蘭是「紅色」的意思，「巴托」是英雄，合言之便是「紅色英雄」。這名字一看就有「蘇俄血統」。烏蘭巴托舊名庫倫，庫倫是喇嘛寺的名字，我請教當地耆老董格爾葉奇勒，蒙古可否像俄人捨「列寧格勒」而恢復「聖彼德堡」那樣恢復「庫倫」？耆老是「老共產黨員」，似乎不以為然，「不太可能，庫倫只是一個寺名。」寺，當然不為社會主義所喜（庫倫是蒙語，原義指「城圈」當時其地有木柵如城，謂之「喇嘛圈」）。

「博格達」這個名詞現在也弄清楚了，原來是「聖」的意思。烏蘭巴托城中有一列青山，叫博格達山，也就是「聖山」，聖山上居然有森林，據說二百年前已經嚴禁砍伐，所以至今一片蒼鬱。聖山上用白色的石頭排字，字義是「慶祝建國××週年」，那排字，在七月十一凌晨正式抽換成七十週年。

七十週年了嗎？

然而有些蒙古人卻不喜歡那「七十」，他們說，應該是八十才對。原來在孫中山向清廷要求一個民主國家的同時，蒙古人也向滿人要回他們的自治權。「七十」是從蘇俄插手管事算起，承認七十等於承認革命是蘇俄老大哥一手扶起的。

然而從另一個角度看，我認為這個國家如果說「慶祝獨立一週年」也未嘗不可。在此之前，它事實上是蘇俄的一個附庸國，一切都仰仗蘇聯老大哥。這老大哥別的聰明沒有，對於向附庸國榨取資源卻十分高明。去年，也許被世界性的浪潮衝擊，蒙古人忽然開竅了，決定把俄國人趕走。俄國人自己自顧不暇，所以居然趕起來也不太費力氣。何況俄人的臉長得和蒙人不一樣，要想不走也無所藏身。如今全境只剩三千俄軍，預計今年底全部走完。然而，俄國人走了，這七十年來不曾自己走過路的腿現在能自己邁開步子嗎？

我們坐在旅館的大廳裡等飯吃，這旅館叫「巴音格勒」大約是市內排名第二的旅館，我們每天的食宿交通是八十美金，一美元黑市可賣出一百五十「土格力克」（蒙幣名），而蒙人平均月薪是九百土格力克。我們每天花掉當地人十三個月的月薪——然而現在七點了，我們還沒有晚餐可吃。

沒有晚餐的理由是沒有電，電爐開不成。我們必須自己爬樓回房間等待（沒有電，當然沒電梯啦）！帶來的泡麵也英雄無用武之地，因為不能燒開水。更悲慘的是，停電會導致停水，沒有電便不能打水上去，抽水馬桶沒有水是一種惡夢，而啃餅乾過日子令人神摧意傷。

而且這種房價近天文數字的旅館房內並沒有電話，如果你想探聽今晚究竟有沒有可能吃到飯，必須樓上樓下的去跑，才能打探消息。

「真快餓死的時候就去找新華社（新華社設在中共大使館內，烏蘭巴托的各國使館內都自備發電機），看他們要不要照顧台胞。」我開玩笑說。

「幹嘛那麼沒出息！」同行中有人比較正經，「就學小孩子把泡麵乾吃也能過呀！」

忽然，燈亮了，大家歡呼，因為晚餐似乎在望了。雖然所謂晚餐無非是腥腥羶羶的羊肉，無非是幾片麵包和幾片番茄黃瓜，但我們還是一心等著開飯。

其實除了停電，蒙古還有其他的問題，例如嚴重缺貨，例如通貨膨脹，但停電，也許最像這個城市目前的命運。

烏蘭巴托本來有二個發電廠，一個是中共建的，一個是俄國建的。中共建的太老，早就不能用了（何況二十年前，俄國和中共反目成仇，蒙古就跟著不理中共了）。後來用的電廠是俄國建的這一個，但俄國人撤走以後，不免或欠零件或欠技術人員，弄到時時刻刻要停電。住在台北的人大概不能想像下面這樣的事：我們受內蒙古民歌手騰格爾之邀去赴他和他的配搭樂團（成吉思汗樂團）為我們作的特別演出，卻碰上沒電，只好垂頭喪氣而歸。

團中有電視記者，他們打算去拍某工廠，人和機器到了，對方卻說：「對不起，今天歇工——因為沒電。」去換第二家工廠，又吃閉門羹，理由是「最近在待料，原料沒有來，所以今天停工。」

從前，原料是老大哥供給的。從前，電力也是老大哥供給的。但老大哥從來沒有把治國的金針度與蒙古——他幹嘛那麼傻呀？

「如果時間可以倒退七十年，如果你們可以再選擇一次，你們會再選擇和蘇聯做朋友嗎？」我問第一副總理，他是最重要的反對黨的領袖，其人年輕而爽颯。

「是蘇俄幫助我們獨立的，我們當時沒有選擇。」他避重就輕的回答。

「目前的情況，蒙古最急切的事是什麼？」

「是建立觀念，」大家很驚訝，因為他提的居然不是物質，「吃慣大鍋飯，一旦實行市場經濟什麼都不習慣。」

「說到建立觀念，『教育』能扮演一個角色嗎？」

「不見得，連老師自己也沒有觀念呀！」他笑起來，「我說一個比方，不太禮貌，但比較容易明白，這就像你們出來玩，行程完了，你們回到台灣。忽然，發現李總統下台了，換成共產黨徒執政了。哎！想想看你們要實行共產主義有多尷尬，你就知道我們現在有多困難了！」

大家忍俊不禁，哄堂大笑——共產主義對我們只是個笑話。對烏蘭巴托卻是尚未擺脫的夢魘。

3……然而

「蒙古應該獨立嗎？」

這個問題若我問我自己一百次，我就會有一百個不同的答案。

對全世界的人而言，不管是英國是印度或莫三比克，這都不是一個問題——然而，唯獨對以漢民族為主的中國人而言，這卻是一個問題。我們遲遲七十年仍不肯承認它的獨立，甚至到最近半年，政府首長一談到這問題仍不免囁囁嚅嚅，趑趄徘徊，欲言又止。蘇曉康來訪台灣時，說他很欣賞台灣政府的「柔弱」。在許多人大罵政府態度軟弱之際，恐怕只有蘇曉康這種身經大劫的人，才懂得「能強」不足誇，「能弱」方足貴。同樣的，我也覺得政府首長出言又改口，也是有其淵遠可傷的情緣。

人只有在涉及情關的時候才會亂，才會語無倫次。

以色列和阿拉伯之間只有世仇只有恨，然而漢蒙之間卻是糾纏不清的情結，有愛、有怒、有怨、有悔。

連我自己不也在這種情結中嗎？

為什麼我躺在草地上看鹿群出沒的時候，不肯覺得自己身在「異國」？為什麼我們起先住的軍官渡假中心，樊曼儂那麼理直氣壯的為它命名叫「青青農場」？為什麼「傳統文化振興協會」（從意譯，直譯是呼爾瑪噶納協會，即馬頭琴協會）的領導人在尋找團中唯一的蒙古人慕蓉卻誤以為是我時，我就血髓沸烈，自以為真有蒙古血統？為什麼唱「蒙古長調」的歌者拉起腔來我就熱耳酸心？為什麼我買下一副四個「戛拉哈」（即公羊髀骨）的時候，便因想起大英雄的少年佚事而悠然神遠？（鐵木真十一歲的時候與札木合拜把結「安答」，札木合送鐵木真一枚戛拉哈，鐵木真亦交換一枚銅灌的戛拉哈，成年後兩人曾一度把兒時舊禮物互示故友，但晚年卒因權利問題而反目）為什麼在博物館裡看到成吉思汗一句：「我若累死不足惜，只要國族長存。」也會眼眶發紅？

為什麼當我們騎完駱駝，離開牧民的蒙古包，那主婦趕著跑出來，猛地在車後灑一勺羊奶（祝福沿路平安之意）時，我們都哽咽回首，覺得給我們祝福的那女人是我們自家的姑姑或嫂嫂？為什麼驀然間發現蒙古版圖完全像縮小成四分之一的中國，會沒由來的心裡一陣抽痛？而馬頭琴和琵琶雜遝而來如風砂如狂濤如胡馬長嗚於悲笳時，為什麼我偏偏會想起王世貞在「藝苑卮言」裡談到元曲所說的話：「曲者，詞之變，自金元入主中國，所用胡樂嘈雜淒緊，緩急之間，詞不能接，乃更為新聲……」，此時我因自己聽到的是馬致遠、關漢卿的元曲背景音樂而動容，而那「嘈雜淒緊」四字形容得多麼好，讓我忍不住反覆細繹。為什麼在我登上博格達聖山頂俯視山腳的悠悠大道的鐵蹄？只覺得是我夢裡歷歷分明的節奏，是心臟的節奏，是呼吸的節奏，是詩賦動江關的節奏。

站在八達嶺長城上，從戍守的小窗洞望去，秦時明月漢時關，一時都來赴眼前，無情的朔風裡我為「可憐無定河邊骨，猶是春閨夢裡人」的征人悲，也為「白狼河北音書斷，丹鳳城南秋夜長」的閨中女子悲。然而，為什麼我同樣也為「胡雁哀鳴夜夜飛，胡兒眼淚雙雙落」或「山南山北雪晴，千里萬里月明　明月　明月　胡笳一聲愁絕」的胡人而悲？唐代的詩人寫的豈只是漢人之悲，他們早已看出二個民族為了爭一塊土地而必然僵持對峙的悲劇形勢了。

在情感上，我是不肯把這兩百萬人當「異族」看待的，我是無法把這土地當異國看待的——雖然，早在我母親出生之時，他們已經自稱是一個獨立國了。

然而，（是的，一想起蒙古，我就有一千個「然而」），然而他們說，在這個地球上，依土地看他們是第十七個大國（原來，中國是這麼大啊，中國分成二個以後，其中較小的蒙古也足以稱為世上第十七個大國），他們說，他們是屬於阿爾泰語系，與我們不同文不同種。然而我把這問題請教日本共同社的記者西倉一喜，他兼通國語與蒙語，他卻說，不然，在他看來日語和蒙語無一音相同，只文法相近，而蒙古是否真和日本語同屬阿爾泰系，學術上未成定案。他們說，他們國旗正中的太極圖是「雙魚圖」象徵宇宙中往返循環的互動力量，像天與地，像男與女——然而，然而對我而言，這號稱十七世紀就出現的圖徽怎麼可能不是太極圖呢？不過——也罷，雙魚就雙魚吧！反正它象徵的都是循環不已，相剋而又相生的宇宙形勢——那麼，管它叫什麼圖也就不重要了。他們說七十年來他們用俄文字母拼蒙古語，趕走俄人之後，他們打算恢復老蒙文。預計三年後，他們就不必再用俄國人的舌頭說蒙文。來自內蒙的騰格爾唱起蒙古的歌，全場沸騰，有一首歌是「給蒙古大學生」的，叫「天外有天」，歌詞翻出來大致如下：

成吉思汗的宮室已遭歷史冰封
不要因為昔日的驕傲而不前
蒙古人啊，你要睜開眼睛看外面的世界
蒙古要建設
那時代的太陽再也不會幫助我們了
那時代的藍天再也不會支持我們了
蒙古人啊，天外有天

歌聲在「蒙古萬歲」的激情中結束，——那時，你得承認那些人心中有點什麼我們所陌生的東西。

——然而，為什麼西南的少數民族（說少數，是和十億相比，其實，有些民族人口已有一、二千萬之眾）可以在安靜的山邊水涯種他們的香稻，吹他們的葫蘆笙，為什麼蒙古卻執意要走開，這裡面有些我們不能十分了然的東西。

4 星星都已經到齊了

對我這樣一個中國人而言，蒙古人就是那曾經占據過中國空間的草原征服家。然而——是的，然而我又在中國朝代排列表上背誦過它的名稱。它占據過中國的空間，然而它卻也因而把自己納入屬於中國的時間。它是一部二十四史裡的一部，它恰如一個千嬌百媚的女子，迷倒了眾生，但她卻不知不覺踩上了北京的土地，並且在那裡建都，她是這場戰爭中的勝利者，可是，她也從此被視為我們族譜中某一代的媳婦，不管她多悍烈，她的成就已是我們整個家族的光榮。

它的獨立對我而言，也等於那女子忽然對自己的丈夫說，「我要離開你，我要出發去尋求獨立。」那揮別的手勢很像百年前挪威劇作家易卜生「挪拉」一戲結尾時女主角揮別丈夫的情景。但挪拉是真想藉著出走來找到自己。可是這蒙古，在她揮別中國的時候，我們卻看到她尚未走出大門，已倒入另外一個男人的懷抱，我們覺得「獨立」是一個騙局，她只不過想和蘇聯交好，這一切令人羞憤悲傷……。然而，唉，然而，如果有風度一點，不妨說，好，我既然同意她走，我已允許她有無限的自由去作選擇，那麼，就算她糊里糊塗要去作別人的附庸，那也由她去吧，甚至，含笑祝福吧！

七十年過去，她終於知道和「老大哥」之間不是長久之計，她提出分手，她下了極大的決心，她準備過著一時情感無依，而且衣食不周的日子——這時候，她的前夫會肯出現並且幫忙嗎？

然而，很難，既使這位發了財的丈夫（台灣）肯發善心，旁邊卻有虎視眈眈的中共，他決不容許兩下之間有舊情復燃的可能性——說舊情復燃其實是我們自己千年以來的糾纏情結，然而，對蒙古而言，套句男女關係的術語，她只願意「從今以後，和你維持純潔的友誼」。

——然而，如果愛情無望，我們還願意伸手助她渡過難關嗎？或者反過來說，我們如果一旦支援他們一點，是否會立刻又冀望她能和我們重拾舊歡呢？我們是否因她熟悉的眉眼或髮香而情不自禁呢？

然而，如果有人問我的意見，我會認為把中國大陸、蒙古、西藏和台灣、香港結成「邦聯體」是未來比較合情合理的安排，此事對中共而言就算有損於他的面子，也決然未損於他的裡子——何況如果看得開，也沒有什麼損面子的事情。

然而，我是誰？我只不過是七月旅遊旺季的一個觀光客，整個中國未來百年的命運如何定奪尚不可知，何況蒙古？

那歌者布魯博．道爾濟一引喉，我們便全然傻了，所謂上帝吻過的聲音也無非是這種聲音啊！必須在那平坦不見邊，縱深千萬里的草原上，才會出現這種響遏行雲的聲音吧？怎麼形容這種聲音呢？是鶴唳九天嗎？是朝陽鳴鳳嗎？是珠落玉盤嗎？不，都不是，那是高山春雪初融，化為溪澗游走峽谷，一路行來，只見水珠迸射，陽光爍金，時有桃花成文，或遇雲影結上了荇藻。不唱歌的時候，你很難發見這個平凡的發了福的中年男人——可是一開腔，他整個成了發光體，像暗夜中一截熊熊自燃的松枝：

歐登格哈瑞　伊日布來呵

…………

沒有人知道他唱了些什麼，卻都知道自己想落淚。後來有一夜，在南戈壁的新月之夜，我們請翻譯把他的歌詞逐句翻譯出來，才知道是一首情歌：

孤獨的高山　恍如虛懸空中
夢裡和你一起　醒來只有自己

星星都已經到齊了　你為何還遲遲不來

…………

騎著駿馬奔跑　一定會到達終點

只要彼此相愛　一定會成為伴侶

這情歌，其實多少有點像目前這民族的處境吧？星星都已經到齊了，一切獨立的「天時」「地利」都有了，但伊人尚未到，蒙古的幸福尚未在握，那榮耀美麗的傳統蒙古何日才會和新的、民主的、富足的現代蒙古並轡在春郊試馬啊！

記得國慶日下午，我們在體育場上看幾百對摔角好手比賽，每個參賽的人在開賽前都把手扶在一位長者的肩膀上，我問當地人這樣做是什麼意思？

「那是祝福，是為他加油，」他們解釋，「那是說：『你看，這裡有一副肩膀，可以讓你依靠。』」

摔角好手多半有極壯碩的體型——然而，即使極壯碩的漢子，也期望看到一副朋友的肩膀！今天，在蒙古登場一決勝負前，何處有他可以倚靠的肩膀呢？

——原載八十年八月八日《中國時報》人間副刊

戈壁行腳

大漠，即大沙漠，蒙古語曰額倫，滿洲語曰戈壁，廣漠無垠，浩瀚如海，古亦稱為瀚海。

——中文大辭典

1

「你說，我們是不是瘋了？」慕蓉轉臉問我，當時車窗外約五百公尺的地方正跑過一群蒙古黃羊，蹄子上彷彿一一長了翅膀，飛快，「頂著這七月中旬正午的大太陽，我們居然跑到這南戈壁的碎石灘上來。」

「對，我們是瘋了！」我回答她，眼睛仍不離那上百隻的野生黃羊。據說他們有四十萬頭。

「在蒙古草原旅行看到黃羊，是表示幸運！」有人向我們解釋。

「可是，」有人抗議，「剛才一大早看到兩隻灰鶴的時候，你不是也這麼說的嗎？請問有沒有什麼動物看到了是不順的？」

解說的人一時語塞，不知怎麼接話——我很想替他回答：在蒙古，只要碰見的不是老虎、熊和豹、蛇那些會傷人的動物就都是幸運的。這塊土地比台灣大五十倍，人口卻只有我們的十分之一，尤其在南戈壁，車行五六小時卻不見一人並不稀奇。因此，如果碰到馴良的生物，應該都叫幸運。

黃羊屁股上一圈白，很像小鹿。我起先看牠們飛奔，以為牠們在躲避汽車。後來看牠們跑過了汽車還一直跑個不停，才覺得牠們是有點起鬨好玩的意思，也許牠們正在爭相傳告：

「今天一定幸運，因為碰上了一輛汽車。」

那批黃羊大概也瘋了——樂瘋了。

2

「一川碎石大如斗」唐人的詩是這樣說的。

以前總以為詩人誇張，此刻站在碎石灘上，才知道，事情其實是可能的。此地的碎石僅僅「大如拳」，也許是經過一千二百年的風霜雨露，它們紛紛解體了吧？

這樣的碎石灘渺遠孤絕，四顧茫然若失，人往大地上一站，只覺自己也成了滿地碎石裡的一塊、凝固、硬挺，在乾和熱裡不斷消滅成高密度的物質。

沙海終於到了。

我會溺死——若我在億載之前來。方其時也，這裡正是海底，珊瑚正在敷彩，年輕的三葉蟲正在輕輕試划自己的肢體。而我會溺死於那片黛藍，若我來，在億載之前。

而此刻，在同一座標，我會乾涸而死。若我再枯曬一天。背包裡只有一瓶水，一包杏脯和幾片餅乾。只要我在此站上一天，我就會永遠站在這裡了。

沙上冷不防的會冒出一二具動物的屍體，不知怎麼死的？是因為老病或負傷？是由於毆鬥或飢餓？看來他們都一樣了，安靜的側臥著，和黃沙同色——一半已埋在砂下，只等待下一場風暴把他們掩埋得更深更不落形跡。

生活過，奔馳過、四顧茫然過，在偶雨時歡欣若狂過——這就是那具駱駝或那具馬屍的一生吧？不，這就是一切有情有識的生物的一生吧？

死亡從四面八方虎視眈眈的逼視著這片土地，逼視著我向大化借來的這微賤如蟻的生命——可是，就在這水滴下來都會嗤一聲冒起白煙的沙海上，居然還長得出一叢叢臥在地上的小灌木。灌木上還結著小漿果，漿果粒大如黃豆，揉開來是黏稠的汁液，令人迷惑不知所解。彷彿有什麼魔法師用幻術養出了這批植物。

風吹來，在沙海，我在沙紋間重繪億萬年前波浪的線條，在風聲中複習億萬年前濤聲的節拍。望著自己明日即會消失的腳跡，感到這卑微的生存和巨大無常間不成比例的抗衡。

沙海上有一塊刺蝟的皮，C把它撿起來——那小動物的身體已不知何處去了，卻只在一叢小灌木前留下那片芒刺戟張的皮。肉體已經消蝕盡了。那護衛著柔弱肉體的尖銳芒刺卻空自糊裡糊塗的繼續執行任務。如出鞘之劍，森森寒芒，不知要向何方劈刺。

我原以為C撿拾那片刺蝟皮是隨撿隨丟的，卻不料他竟拎回去了。我很愕然，呆呆瞪著那密密麻麻的刺，覺得有什麼東西穿心而過。

3

我們躺在臨時搭成的蒙古包裡。那時，已近午夜二點。

包有一個拱頂，圓圓的，像羅馬城的「萬神祠」大教堂。那教堂的圓頂大刺刺地開著個大洞，伸手就可以擒來雲之白與天之藍，連飛鳥與天風也是召之即來，揮之即去。那萬神祠對我而言遠比聖彼得大教堂華美莊嚴。

而這蒙古包的頂也有一半是開向天空的。

塵沙上有一張薄褥，我就躺在那上面。仰頭看天，天上有幾粒星，剛好從那半圓形的天窗灑下，因為洞小，容不得滿天星斗，但也因為只有那幾粒，彷彿分外暗含無窮天機。

如果我能再多清醒一會，我就會看到小洞裡的星光如何移位。我就能看到時光詭密的行蹤。然而，我睡去了，我無法偷窺一部時光的演義——反而，在暴露的半圓小穴裡，我容整張大漠的天空俯視著我的睡容，且讓每一顆經過的星星在窺視時輕輕傳呼著：「看啊，那女子和我們一樣，她正一個時辰一個時辰的老去。一如我們，有一天一覺醒來，我們都將煙消雲散，恰如那一夜拔營的蒙古包，不留一絲痕跡。」

我睡去，在不知名的大漠上，在不知名的朋友為我們搭成的蒙古包裡。在一日急馳，累得倒地即可睡去的時刻。我睡去，無異於一隻羊、一匹馬、一頭駱駝、一株草。我睡去，沒有角色，沒有頭銜，沒有愛憎，只是某種簡單的沙漠生物，一時尚未命名。我沉沉睡去。

4

「這是阿爾泰山。」她簡單的說。

「阿爾泰山。」我簡單的重複。

好像沒有什麼可說的，對，這就是阿爾泰山天山的北支。李白的詩啊！明月出天山，蒼茫雲海間。它當然是，它一直就在那裡，它一直就是。

我讀過它的名字，在小學的教科書裡，對我來說，它和「地球是圓的」「1＋1＝2」都屬於童年時代牢不可破的真理的一部分。此時見它，只覺是地理書頁裡少掉的一頁插圖，現在又補上了，一切是如此順理成章。

而這插圖卻一直展現在車子的正前方，我要怎麼辦呢？它如此美麗、安然而又不動聲色。你的眼睛無法移開，因為廣大的荒漠中再沒有什麼其他的視線焦點了。其實它並不搶眼，像古代恐龍一列長長的背脊，而龍正低頭吃草，不想驚人，也不想被驚。四野亦因而凝靜如太古。

阿爾泰山。我不知該怎麼辦。

我若能揮鞭縱馬，直攀峰頭，我若能逐草而居，驅羊到溪澗中去痛飲甘泉，我若能手撥馬頭琴，講述悠古的戰史，我若能身肩綾羅綢緞去賣給四方好顏色的女子……是的，我若是草原上的戰士、牧人、行吟詩人或商賈，則阿爾泰山於我便如沙地的長枕，可以狎熱親膩。但我不是，我是必須離去的過客。

終於我們下了車，去走「約珥峽谷」。七月的山色如江南荷田，那綠色是上天一時的恩旨，所以格外矜貴。野花蔓開，使人不禁羨慕山徑上的地鼠，牠們把每個小山丘都鑽滿了洞穴，探頭探腦，來看這一夏好景。

山溝的水慢悠悠的流過。

敖包立在路旁。是一堆碎石頭疊成的一人高的小丘。

「經過敖包，騎者必須下馬，行者必須竚足，順時針方向繞一圈，然後前行。而且，不要忘了為敖包加一塊石頭。」

「蒙古人只記得他們是從大興安嶺上下來的，所以到了草原，他們還是想壘個小石堆來思念一下。敖包上方有時會插上許多根樹枝，那是象徵大興安嶺上的森林。」原來，一個人在堆敖包的時候，他正肩負著整個民族的記憶！

一隻砂雁飛起，羽色如砂，倏忽間消失了。

一路行來，我一直問自己一個問題：「這塊土地，究竟是屬於誰的？」然而，此刻，我忽然明白，「不，土地不屬人類，不要問它屬於誰，該問『誰屬於它』，黃羊屬它，灰鶴屬它，砂雁屬它，天鷹屬它，地鼠屬它，牧民屬它，如果我愛它，我也屬它……。」

5

人在峽谷裡走，左頰是山，右眉是山，兩者彷彿立刻都要擦撞過來，不免驚心動魄。腳下又每是野花，走起路來就有點蹦蹦跳跳的意味，怕踩壞了一路芳華。生命在極旺盛極茂美之際也每每正是最堪痛惜的時分。

想起昨天在戈壁博物館裡看一隻「銀龍笛」，笛子鑲銀，銀子打造成龍的形狀，但整個笛身卻是由一根腿脛骨削成的。

「這是一根十八歲女子的腿脛骨。」解說員說。

「為什麼單單要用十八歲女子的腿脛骨？」我問。

「因為，十八歲就死去的女子，腿脛骨的聲音最好聽。」那解說員回答得斬釘截鐵。她是一個大眼睛的女子，她回答的時候並無「據聞」「聽說」等緩衝詞，彷彿那腿脛骨的聲音是她親耳所聞。

我把眼睛貼在博物館涼涼的玻璃上，看那緻密呈象牙色的骨管。十八歲女子的腿骨又如何呢？從科學上說，十八歲女子是不致骨質疏鬆的，但這一定不是真正的理由，真正的理由是——我走開去，一直想。

而此刻在七月的阿爾泰山山麓，在野花如毡的約珥山谷，我仍在想，那管屬於十八歲女子銀龍笛的音色。我想那聲音中必然有清揚和嗚咽，有委曲和暢直，有對生命的遲疑和試探，也有情不得已的割捨和留戀——是這一切令人想起十八歲的女子，是某個年代草原上某些牧人對某個女子驟然逝去深感不捨吧？他們於是著手把她裝飾成一截永恆的迴音。

峽谷如甬道，算不算一管簫笛呢？流泉淙淙，算不算「陽春白雪」之音呢？我行其間，算不算知音之人呢？

峽谷深處竟是幽幽玄冰，千年相積而不化，想此冰當年曾見鐵木真的鐵騎，鐵木真卻不能重睹今夕這瑩藍晶閃的冰雪之眸了。六十五歲，大汗天子在圍獵野馬時從坐騎上摔下，從此他自這漠漠草原上消失。而積冰卻千年萬年，在山谷的曲徑深處放其幽幽的藍光。

犛牛在吃草，地鼠作其鼠竄，溪在流，阿爾泰山（原文係「有金之山」）仍然炫耀著夕陽的赤金，「杭蓋」（原文指有山有水之處）仍然很杭蓋。這一切，好得不能再好。七點了，天仍藍，雲仍白，不安的砂雁仍飛來飛去想找一個更安全的草叢，草原上的夏天有用不完的精力，即使到九點鐘，亦仍有堂堂皇皇的天光。

6

第一天，黃昏微雨，戈壁上出現了長虹——那樣絕對的平面加上絕對圓弧，幾何上最簡單卻又最懾人的美。而我沒有帶照相機，於是稍稍有些後悔。第二天，沒有雨，因此有豔麗的夕陽，於是，我又有些後悔。

但是我還是堅持不帶相機，對環保而言，照相多少是一項污染。如果真有藝術傑作，或者可以稍稍彌過。但我又是個極端蹩腳的攝影人，不如去借別人的來加洗。何況我一向囉嗦，旅行起來，連咖啡都帶著，能勒令自己少受相機的打擾也總是好事。

由於沒有照相機，我也許只能記得很少，我也許會忘記很多。但我已明白，如果我會忘記，那麼，就讓能記住的被記住，該遺忘的被遺忘。人生在世，也只能如此了。

——夕陽仍浮在山上，我們傻傻地坐在草地上，連一向拍照最忙碌的H也安詳地抱膝而坐。

「快拍呀！」有人催他。

「不，不要拍夕陽，」他神祕一笑，「我幹過太多次這種事了。每次看到夕陽漂亮就拍，拍出來，卻不怎麼樣。下一次，又看到，又拍，洗出來，還是不怎麼樣……現在，不拍了！」

他一副「上當多了」的表情，我忽然不後悔了，了解真正碰到大美景的時候，有相機在手跟沒相機在手一樣無助。

「總不能什麼好東西都被你拍光了！」我的語氣彷彿有點幸災樂禍似的，「上帝總還要留一兩招是你沒辦法的！」

7

我對歌者布魯博道爾濟說：

「給我們唱一首歌吧！」那時候我們的車子正馳向歸途，夕陽尚銜在山間，「給我們唱一首跟馬有關的歌，好嗎？」

「啊！蒙古的歌有一半都跟馬有關呢！」

我從沒想到，原來只打算提他一下，好讓他比較容易選一首歌，不料竟有一半的歌都和馬有關。

道爾濟是文化協會派來與我們同行的，他辦起事來陰錯陽差，天昏地暗，可是他只要一開腔唱歌，我們就立刻原諒了他。他使我們了解什麼是「大漠之音」。和西南民族比較，西南民族是「山之音」，其聲仄逼直行，細緻淒婉。草原之音卻亮烈宏闊。歡懷處如萬馬齊鳴，哀婉時則是白楊悲風。

「你們是兩條腿走來的，」歌手說，「所以也要學會兩首蒙古歌帶回去。」奇怪的邏輯，但我們都努力的跟他學會了一首情歌。

車在草原上急馳，也算是一種馬吧。布魯博．道爾濟真的唱了一首駿馬的歌，新月如眉，俯視著大草原。

我把整個頭都伸向車外，仰看各就各位的星光，有人警告說：「不可將頭手伸出車外。」

怕什麼呢？整個南戈壁千里萬里的碎石灘上，就只我們一輛車。沒有電線桿，沒有路，沒有人，這伸出來的頭顱唯一會撞上的東西只是夾著草香的清風罷了。

8

他們在溪畔生了火。我們到達的時候只見他們不斷的找些拳頭大的溪石來烤。烤到石頭開始發紅，他們就在一個密封的鍋子裡丟了一層羊肉塊加一層石頭。再一層羊肉，再一層石頭。然後鍋子密封，放在餘火上，大家微微搖動那鍋，好讓鍋裡的石頭不斷去燙肉，大約半小時吧，肉就熟了。

開了鍋，先把石頭夾出，石頭先遭火烤，又被羊肉湯浸，弄得烏黑油亮的，每人發一塊，放在手心裡，因為燙，只好在左右手之間拋來丟去，據說這是活血的，於身體大有好處。戲罷石頭才開始吃肉。肉鍋旁還有一桶溪水煮的粗茶，倒也消渴。大伙兒就大碗茶大塊肉的吃起來。

前兩天，宴客的桌上有一瓶法國白葡萄酒，當時大家都被極烈性的伏特加鎮住了，C眼尖，叫我把這瓶葡萄酒留著。此刻拿來泡在溪水裡，不一會就冷沁入脾了。當時靠著山壁還舖著一張大被子，大約是六呎乘十五呎吧！其實不是被，是蒙古包外圍的圍氈。大家或坐或倒，喝一口半口葡萄酒，吃剛剛宰殺剛剛煃熟的蒙古種土羊（蒙人亦認為「洋種羊」較腥羶），這種大尾羊極其純正鮮美。溪水在峽谷間流，雲則在峽谷上飄，世上也竟有這種好日子。

「這是成吉思汗餐，」當地人解釋：「成吉思汗出征前都是這樣吃的。」

其實用這種熱石頭來燙熱的煮法跟台灣鄉間「煃番薯」的道理相近，出征前這樣吃倒是對的，行軍伙食總以簡便實惠為上。

此刻我們並不要出征，卻也享盡美福，不禁愧然——然而生命中的好事都是在惶愧中承受的吧？我沒有開天闢地，我沒有鑿一條溪或種一朵野花，我不曾餵一頭羊釀一瓶酒，卻能一一擁有，人在大化前，在人世的種種情分前也只有死皮賴臉去承恩罷了。

啊！不知道生命本身算不算一場光榮的出征？不知道和歲月且殺且走邊纏邊打算不算一種悲激的巷戰？與時間角力，和永恆徒手肉搏，算來都注定要傷痕累累的。如果這樣看，則大英雄出征前這一鍋犒軍的「賀爾賀德」（指帶汁焢肉），我或者也有資格猛喝一口白酒而大嚼一番吧？

——原載八十年十一月三日《中國時報》人間副刊

請不要對我說歡迎

——西行手記

然而——親愛的，請不要對我說歡迎。

我走上我自己的土地，我來依傍這母親般的后土。你，親愛的朋友，請真的不要對我說：「歡迎！」

雖然，說這話的時候，常伴隨著你的笑容，你的掌聲，並且加上繫著大紅綢子的烤全羊，初秋甜沁的瓜果，以及豔滴滴的吐魯番紅葡萄酒……然而我還是想告訴你，不要說歡迎，真的不要。一說歡迎，就有了主客之別，但是，像我這樣的人，我怎能承認自己是客。

去年九月，曾蒙錢偉長先生設宴款待，一巡酒罷，有位教授掏出台胞證來給錢先生看，一面就訴起苦來：

「錢先生，你看，我在台灣，他們叫我『外省人』，來到大陸，你們又叫我『台胞』，我是個『姥姥不疼舅舅不愛』的人！」

他說得十分憤慨。

我瞪大眼睛看他，不懂他為什麼要這樣想？我是不是台灣人，只能由我自己來決定，這分明不需要靠別人說才算數的。既然吃濁水溪的米長大，誰能否決你的台籍身分？但是，如果飛機一落在咸陽機場，李白的〈憶秦娥〉就會立刻蹦出來：

「……咸陽古道音塵絕……西風殘照，漢家陵闕。」

這時候，我又是百分之百的大陸人，我回到我魂牽夢繫的地方。你相信嗎？西安街上人潮湧動，但像我一樣愛這方土地的人卻並不多。

請不要以為我是騎牆派，正如我一方面是百分之百的「人」，一方面又是百分之百的「女人」。同樣的，我既是成色十足的中國人，也是不折不扣的台灣人。這兩個身分對我而言，真的是缺一不可。

從咸陽機場赴長安城（現名西安）途經渭水，天哪！渭水！這是杜甫的渭河啊！「渭北春天樹，江東日暮雲」黑夜中我顧不得違法不違法，趕緊把頭探向車窗外，要看一看屬於唐代詩人筆下的河。對我而言，這條河既不屬於漢唐的劉家李家，也不屬於後來宋明的趙家朱家。成吉思汗或皇太極也許各有勳業，但還沒有一個英雄可以偉大到擁有一條河。

一條河，只屬於她自己。

勉強說，也屬於用詩歌用繪畫用生活用故事去題詠她的人。

我只能說，這是詩經裡的河，這是呂尚父垂釣的渭水，這是杜甫吟詠的千里煙波，而我，我是三千年前那蹲在江邊呆看呂尚釣魚的小女孩，看他如何被西伯發現。我又是那跟在杜甫身邊的小討厭，一路看他如何撚鬚苦吟——我既在這條河邊神遊了一個又一個的世代，而你，親愛的，你不過才三十，或者四十、五十、六十，你怎能來歡迎我呢？我是先你而至的人，我在此地處處逢故舊，該說歡迎的其實是我啊！

是啊！真的是處處逢故舊！橋山那裡，叢山古柏之中有小小的黃帝陵，這個地點，從小學就背得爛熟，彷彿是張藏寶圖，你記熟了它的座標，於是安了心，知道這宇宙間有一個你生命中的祕境——這，就夠了。

於是，有一天，我來到這橋山。一切都順理成章，彷彿天命註定，某年某月某日，我某人理當到此。我深躬到地，並不自以為是客，這是我家祖宗，我來此一祭他的英靈，禮罷只見天清地朗，古柏森森，有若神呵鬼護。

忽然開來一輛黑色轎車，是高幹吧？那人雖有些權貴狀，倒還懂得收斂，但他身旁那兒子卻十分「走資」，穿件花色鮮豔的恤衫，滿臉不耐煩：

「這就是黃帝陵啊？——就這麼個小土堆！」

「五千年前嘛！」做父親的胡亂搪塞，「那時候人有多窮啊！」

「這啥也沒看的！」

他掉頭而去。

這時候，不知從那裡冒出一個灰髮老頭，他湊近我，說：

「其實，這裡不是黃帝的墳，這裡葬的是他的衣冠。」

「唔——」

「黃帝其實是升天了，但他臨升天還回來橋山這裡看看老百姓，老百姓捨不得他升天，就想扯住他，結果扯下了靴子和一角龍袍，後來，就埋在這裡。」

這野老倒有點意思。

「這裡三面環水，一面靠山，高一零二一米，叫『龍首村』，有龍就當然該有虎，十里以外有個『老虎尾巴村』哩！這裡的風水可好咧！」

我低頭，看地下舖的灰磚，上面竟有民32年的字樣。

能碰到這樣一個肯相信神話的人真令人感動——否則，那狂妄少年口中的「小土堆」也真的可以成為一種定義——想起自己第一次見史記上記載「黃帝，生而神靈，弱而能言」的傳說，幾至淚下。神話，本有它另外解讀的方法，所謂「能言」，指的是他圓融的溝通能力，黃帝的真正本領不在武力而在協商。是他，把眾部落化成了邦聯，而中華民族，今日需要的豈不正是協商？我們去那裡再求一位能言軒轅氏呢？

一次世界大戰結束，許多美軍自歐洲戰場解甲歸田，有人問詩人e・e・康明思（一般人的名字採大寫，但康明思是個特立獨行的人，他偏要小寫），要回哪一州去過日子，康氏的回答是：

「和以前一樣——我回中國去。」

康氏一生其實並未來中國住下，他指的是，中國哲學是他的安身立命之鄉。像康明思這等人，不管他站在黃陵還是曲阜，誰如果說一聲歡迎，他會不慌不忙的回答：

「不，不然，是我歡迎你，我在此處鵠立多時了。」

我今站在黃陵，鞠躬為禮，並不覺得自己比當年在此祭拜的秦皇漢武為小。而且雖然一別四十三年，也不覺生命中有什麼東西曾經遭人斬斷。我心彷若月中桂樹，沒有斧頭可以砍壞那連綿的脈絡。在每一度斲傷之際，它都有本事自動痊癒。

如此，親愛的朋友，在我肅然致祭的一剎，你且與我一起肅然吧！大可不必說，我們歡迎你。這民族的祖墳是你的也是我的，我們都是一起虔心來上墳的小孫。

至於那長安城裡，更是步步逢舊識，黃昏大雁塔下望著西天彩霞，怔怔出神的，不是那唐玄奘嗎？馬蹄急馳而至，那位一日看盡長安花的得意人是誰啊？正是新登科的詩人孟郊呢！那水邊的美女是杜甫麗人行裡的虢國夫人吧？而李白呢？李白最好找啦！他總在酒肆裡，「李白一斗詩百篇，長安市上酒家眠，天子呼來不上船，自稱臣是酒中仙」。至於那行色匆匆趕著去達貴家中演唱的是樂工李龜年。迎面走來的元微之正陪著白樂天的母親去聽說書回來，今天的說書人叫顧復本，講的故事叫「一枝花」，一枝花其實就是李娃的故事。旁邊還有個小觀眾，是李商隱的兒子，他聽的是三國故事，他聽得入了神，現在散了場，他還兀自一面走一面學張飛。走著走著，猛地又見一位黑皮膚的大個子，原來是崑崙奴磨勒，當年的外籍傭人，這人十分義氣呢……

在這城裡，摩肩擦踵，全是熟人，你，親愛的朋友，何須說歡迎我呢？你居然以為我是新來乍到的客人嗎？

我在驪山溫泉避寒。我在阿房宮中看眾女晨起梳妝。在灞陵折柳，為離人傷心的是我。在馬嵬坡前，為楊玉環悲啼的是我。這個城，整個和我的生命糾結為一。所以，親愛的，我怎能聽得下那句「歡迎」呢？

我很高興在那片美麗的后土與你們相遇，「歷盡劫波兄弟在」（魯迅詩）你在，我在，我們相逢，這是好事，他日若能重逢，當然更好——只是，請不用對我說：歡迎。

這萬里江山像什麼呢？我想江山亦恰似美人，似唐人傳奇中華麗且來去自如的女子，她自會向少年英雄投懷送抱。我今行過這片大地，亦只見山曲水折處，一一皆是黛眉與眼波，也一一皆向我含情凝睇。這是我的江山，而我，則是他心許的主人——不為別的，只因千年來我們互為知己。

謝謝你的笑容，謝謝你的掌聲，謝謝你的餽贈，謝謝那些縈繞不去的歌聲，但我們既然在自己的田莊上相遇，就請不必對我說歡迎兩字吧！

讓我們互勉，互勉更愛這片土地，更隸屬於這片土地，更愛屬於這片土地且生活在其上的男女老幼，更誠懇的面對這片土地的未來。親愛的朋友，捨此之外，還有什麼值得多說的呢！

——原載八十一年九月十八日《中國時報》人間副刊

城門啊，請為我開啟

那個地方有個奇怪的名字，叫——「嘉峪關市」。

汽車在三一二號公路上走，兩側是瀚海無限，有時盹了一覺，醒來，也不覺得有異，風景跟剛才還是一模一樣，還是眼睫接黃沙，黃沙接眼睫。車子所造成的空間挪移好像不具意義。

原來以為黃昏以前可以趕到嘉峪關看落日的，無奈沒有趕上，城門在六點關了，我們去的時候已是八點。

城關了，夕陽卻沒有關，那永恆的北地臙脂雲。我們一行悵悵地站在城門口，想跟守衛打交道，他也不搭理我們。

「我們不走遠嘛，只走一百公尺就回來，我們只要看一眼！」我妥協道。

「台灣來的，都是名人呢——」陪同說：「這位叫『漲——ㄒㄧㄠˊ——奮』（用西北腔的普通話唸我的名字張曉風三字便會唸出這種怪腔來）你聽過沒？」

「啊！——漲ㄒㄧㄠˋ奮——聽過！聽過！」

他說著，果真開了門（大陸版的《讀者文摘》，發行三百萬份，常轉載我的文章）。盛名，一向是個討厭的累贅，這次卻讓我嘗到了甜頭，居然可以令城門在關上之後又開啟。我們一行人都進去了，匆匆看了夕陽出來，一回頭，東方的月亮也已經悄悄破土而出。一邊是彩霞，一邊是初月，大家給夾在兩個強勢的美感間。一根脖子都不知往哪一邊伸才好。

說到嘉峪關的城門，有個故事滿淒涼的：傳說有一對燕子，很恩愛，牠們的巢築在城內，平日兩隻燕子一起出外捕食，也一起回家，不料，有一天母燕剛飛進城門，門就關了，追隨在後的公燕不幸觸門而死。死後的公燕猶不時發出啾啾的鳴聲——今日，遊人還常在東西二城樓內側的北牆角下流連，重複做這種實驗。只要使用二石相擊，城牆角上便會回應一片啾啾燕鳴。

我們何其幸運，可以在黃昏關門之後叫開門，昂然入城，不必做故事裡那隻碰死的燕子。

女詩人夏宇寫過一首〈連連看〉將扉頁上排的字眼跟下排的詞彙隨意聯想。如果上排有人出個題目是女人和長城，恐怕下排答案極可能是連上「哭倒」吧。但今天的台灣女子來此，我們不是來哭倒什麼，我們來用自己的名字叫開一個城關。

想起千年前詩人高適送給朋友董大的詩：

千里黃雲白日曛
北風吹雁雪紛紛
莫愁前路無知己
天下誰人不識君

那說話的口吻分明是盛唐的自信。

我今被關卒所識，高興過分，不免有點小人得志的小家子氣起來。但兩岸關山阻隔，在這邊荒的甘肅省嘉峪關，你就算打起連戰、黃信介的名銜也是枉然呀！

月亮升得更高，我們在大路邊坐下，大漠有幾分像海——它本來就是海，廣遠而有波紋，彷彿在記憶著十億年前的身世，月亮在此時此地竟像「海上明月共潮生」了。

生命居然可以如此豪奢。

記得有一年秋天，颱風過後，跟朋友去恆春的南仁湖，那安詳如富春山居的構圖使人駐足欲淚。

「我——」我像在向神父辦告解，「我覺得有點內疚——」

「什麼事？」朋友有點被我嚇住。

「似乎有點不該——日子過得太好了，好得太過頭了——」

「那——」朋友說，「我回去抄經好了！」

「什麼鬼！你以為抄經是補過呀？有好紙好墨好筆好文字供你揮灑，抄經算來仍然是件享受啊！」

朋友一時語塞，那時候，剛好同行的王君在路邊用小刀挖開了他一路背上山來的椰子，清涼的椰汁正等著我們去享用，唉！罪過又增加了一項。

我今安安靜靜坐在砂磧上看月亮，也覺幸福不可名狀。這種「山南山北雪晴　千里萬里月明」的景致，在古代，是多少悲傷的戍邊戰士怕看的景象啊！而在現代，那些活不到開放返鄉的老兵，恐怕做夢也會夢到這番情境吧？唯有我，此刻一無罣礙，一心一意，只看月亮，人生逍遙至此，除了謝天，你還能再說什麼？

第二天，又去看朝日照耀下的嘉峪關，城闕結構嚴整，跟黃昏時的蒼茫相比，又別是一番氣象，不禁覺得十分划得來，彷彿一魚兩吃。

重關上有座小樓，小樓的邊角凸線上平放著一塊不起眼的磚頭，這塊磚牽涉到一段故事：

據說當年監修嘉峪關的官員叫張不信，工頭叫易開占，易開占精於計算，預備工料從不浪費。他算出嘉峪關的用磚量是九萬九千九百九十九塊，如果有誤，他願領罪。監修官員不相信，故意多做一塊，等工程完畢，果真多了一塊，但易開占把它解釋做天意要留此磚做「定城磚」，得以免罪。這故事的版本極多，大約民間版本只在說工頭師傅的神乎其技，中共一加入，就變成了「勞動人民」和「貪官污吏」的矛盾鬥爭。我看此磚時，故意哈哈一笑，說：

「啊呀，這故事的教訓嘛，就是說從資本主義的觀點來看，成本計算一定要精確，千萬不可浪費成本。」

當然，這話是開玩笑，那磚給我真正的感動其實是對於那修城大匠的感動。工程完成了，世人只見那巍巍城池，但萬丈高城原自一磚一石起。只有母親般的創作者的心才會娓娓向人說起這城的幼年故事。那時候，莽莽黃沙上一無所有，而情節從一塊磚壘在另一塊磚上開始……。

記得去年在北京八達嶺上，從城牆的缺口處遠眺，不禁為當年戍邊的男子悲傷。這小小的一方窗口，古來換過多少雙望鄉的淚眼啊！山河迤邐，寸寸都是被年輕的眼睛望成慘綠的啊！也許是中原地區的心態吧，他們把河北的山海關叫做「天下第一關」——其實，位在甘肅的嘉峪關也自認是「第一關」。「如果從東往西走，他們是第一關沒錯，」此地父老堅持「可是如果從西往東走呢，當然這裡才是第一關啦！」於是山海關擁有一塊匾，上書「天下第一關」，嘉峪關卻擁有一匾一碑，碑曰「天下雄關」，匾曰「天下第一雄關」（相襯之下，彷彿山海關成了「天下第一雌關」似的）。其實考證起來，兩關都屬明代長城，嘉峪關建於一三七二年，山海關建於一三八二年，嘉峪關早了十年。

今年站在長城的另一頭，跟去年相比，所悲的心情忽然不一樣了。

城牆一般而言成一字形，但在重要的關口，往往加上口字形，口字形的空間叫甕城，是引誘敵人「請君入甕」的地方。敵人一旦進了口字形的甕城，石頭便如雨紛下，來犯者無一生還。

唐人李頎〈古從軍行〉中有「胡雁哀鳴夜夜飛，胡兒眼淚雙雙落」的句子，原來胡人和漢人都無非想在這塊土地上求一角生存權吧！想當時甕城上石塊砰砰擲下的時候，四濺的血肉豈不也是婦人十月懷胎的寵兒嗎？戰爭使楊柳樓頭的江南少婦和胭脂山下篝火堆旁的胡人女子同時成為寡婦。

這甕城，此刻看來只是四堵合圍的安靜土牆，容得下祖孫曬太陽，容得下瞎子彈三弦，容得下大叔大嬸呼雞喚狗的尋常土牆。但，這跟整個黃土高原完全同色系的安靜土牆，當年卻是怎樣殺機四伏的地方！

「有一次，他們來這裡拍電影，」一路開車的司機師傅忽然發表他的獨家資料：「拍到半夜，要開車回去，那車竟然怎麼倒都倒不出來，你看，那麼寬的地方，奇怪咧，就是倒不出來！後來導演也不知怎麼搞的，忽然說要燒香，於是，燒了一大把香——說也怪，車子一倒就倒出來了。」

聽得人毛骨竦然，但不知道那鬼是胡鬼還是漢鬼，是不是午夜的水銀燈一亮，六百年前的盔甲照眼旌旗鮮明，戎角悲吟中千軍萬馬皆一一復活，讓他們恍然之間以為戰況正酣，他們仍是大明天子手下的一員猛將……

城門都有好聽的名字，像「光化門」、「柔遠門」，城寬，可以馳馬，所以有斜矗上城的馬道。更有趣的是城裡還有關城廟，連關公也一起來此駐守了。

城邊上，設了一座戲台，不知為什麼，站在空空的既不見演員又不設道具的戲台前無端想哭。沒有鑼，沒有笛子，沒有弦，沒有蟒袍，沒有霞帔，沒有一隻馬鞭所代表的千里坐騎，沒有一根彩帶所甩出的滿天花雨，但，那戲台自己就是戲啊！那萬里望之不盡的荒天漠地，才是舞台，綿亙不斷的祁連山是遠方的佈景，至於這凡人搭出來的戲台只是一個角色，用他喑啞的聲音唱著他自己的滄桑。

林則徐出嘉峪關曾留下這樣的詩句：

天山巉峭摩肩立
瀚海蒼茫入望迷
誰道崤函千古險

回首只見一丸泥

大部分的長城，包括嘉峪關這一段，都是略呈梯形的黃土夯築（燒製的磚用得較少，往往是用於城樓建築），看來像早期台灣鄉間的土角厝，也像秋收後的稻草堆成麥稈垜。對人類的身體而言，攀城進犯當然極難，但林則徐的詩把關隘之險說成大地上的一小團泥丸也極正確。在那海洋一般的戈壁上，這身高十公尺的土城明明只是一小丸泥（但是這丸泥，卻也從戰國而秦而漢而唐而宋明，一代代經營下來）。換個角度看，宇宙洪荒中，這地球也不過是一粒小泥丸罷了。而我，這出於塵土復注定歸於塵土的身體難道不也正是一丸泥嗎？

祁連山的雪峰一逕白著，站在城上遠望，彷彿一排高高的浪頭，正要撲下這十億年前的海洋。

但是浪頭且慢，在地未老天未荒之前，讓我這小如泥丸的人，在這渺如泥丸的城頭聊且一站，讓我想想這乾坤中旋轉如泥丸的大地，讓我們在這一剎間相依相傍。

——原載八十一年十一月十四日《中國時報》人間副刊

等待春天的八十一道筆劃

朋友從遠方寄來一張照片，中間假手一個女孩，女孩轉交我時，說：

「我不知道這寄來的是什麼玩意，只覺得是個蠻好的東西，很有意思，它到底是什麼呢？」

這件事，說來話長——

那位朋友住北京，一度入故宮做事，看到了宮中一張「消寒圖」，便把它照了下來，他現在送我的，便是這消寒圖的照片。

消寒圖正式的名字叫「九九消寒圖」。少年時讀張愛玲的《秧歌》，內有一段寫男主角金根在暴政的壓力下想去典當棉被做賭本，萬一贏了，便能苟活下去。女主角月香抵死不肯，兩人扯拉棉被，月香叫了一句：

「這數九寒天……」

數九寒天是什麼意思？在台灣長大的我完全不能體會。

長大以後懂得去查書了，知道從冬至日算起，叫「入九」，待九九八十一天以後「出九」，便算是春日了。

我初逢那北京的朋友便在去年的數九寒天。我把所有的冬衣一古腦全裹在身上，圓滾滾的像是又恢復了童年。像是隨時可以把自己當一枚大雪球來滾。

「一九二九不出手，」他唸北京人的歌謠給我聽。

「三九四九冰（或作凌）上走」

咦？蠻好聽的嘛！

「五九六九沿河看柳」

「七九河開」

我聽呆了。

「八九雁來」

哇！大雁回頭了！

「九九楊落地」

我的一顆懸著的心也安然落了地。

聽他唸著如歌的行板，我的心裡急急的跟著唸。不僅因為歌謠的好聽韻律，而是因為他慎重恭謹的記憶。北京就是北京，不管你是大清朝廷或是北洋政府，不管你是國民黨還是共產黨，數九寒天總是不變的歌謠，大可以一代復一代的傳唱下去。

對那一代一代的人來說，歲月是如此誠正可信，童叟無欺，雖然一九二九天已冷得伸不出手來，雖然三九四九河水都凍實了，人在冰上行走。但一到五九六九，柳樹的青眼便矇然欲睜。最動人的是，一數到七九，宇宙的呼息便驟然加快，七九和八九不是一起唸的，因為節奏太快，七九必須單獨一句，八九和九九也是單獨另外一句。啊，七九河開，啊，河開之際，大約略如蜿蜒的巨龍在翻身欠腰，骨節舒張，格格作響，一時如千枚水雷乍爆，啊，「七九河開」後面如果有標點符號，應該便是驚嘆號「！」。八九雁來也極為動人，彷彿那群大雁是聽到大河解凍才趕來試試牠們那善於撥水的紅槳似的。終於，九九到了，九九楊落地，楊花飄棉，是張先詞中：「中庭月色正清明，無數楊花過無影。」的透明遊戲，世上竟有在月下觀之透明而失去色相的花，這花看來像幽靈，令人疑真疑幻。九九楊落地，那長長一冬提著的心吊著的膽也都放了下來，從此，便是春天了。

話說那些宮中的女子，平日就已類似囚徒，此時又被嚴冬禁錮，不免變成雙重犯人。身為犯人唯一的出路大概便是苦中作樂吧？

據說北歐地面雖然物阜民豐，但冬日過長，日照不足，居民紛紛害上沮喪症，忍不住想去自殺。近年來有醫生發明大型日光屏幕，患者只須每天對著人造日光，面壁而坐，自能恢復求生慾。此事聽來令人稱奇，這北歐人不但太容易得想死的病，而且真太容易痊癒。

《帝京景物略》（明人劉侗于奕正合撰）曾記錄一段美麗的「解決寒冷的方案」其辦法如下：

「冬至日，畫素梅一枝，為瓣八十有一，日染一瓣，瓣盡而九九出則春深矣。曰，九九消寒圖。」

《清稗類鈔》上有另外一個方法，和前面的記載相比較，前面那則是「畫」法，清宮中另有一種「寫」法。那辦法是這樣的，據說清宣宗御製了一個句子：

「亭前垂柳，珍重待春風。」

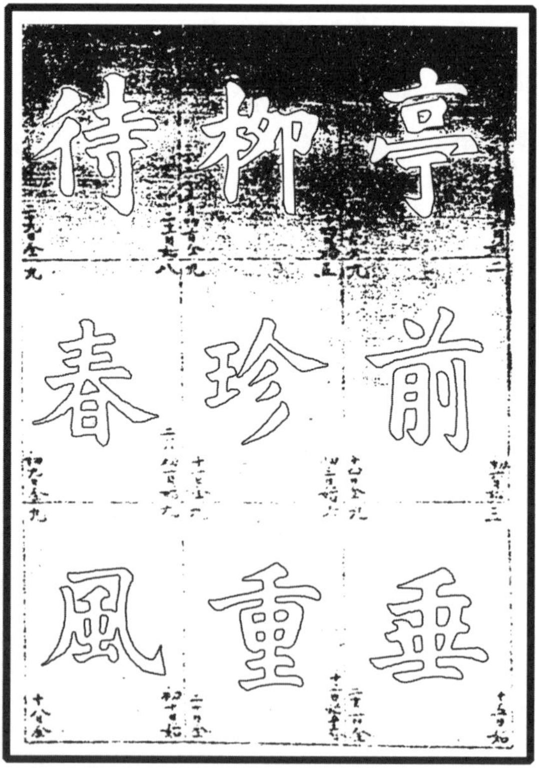

九九消寒圖

如果以詩詞意境討論它，這句子頂多只能得個中上，絕對不是什麼上上佳句。但如果仔細探究，原來句中每個字都是九筆構成的，光是這一點，也就不容易了。

說來丟臉，有一天，我一時興起，想想，這有何難，我也來寫它一句九字詩，每個字也都九筆，不料居然湊來湊去就是湊不穩當。每想出一個好句子，句子裡便有八畫或十畫的字出現，後來勉強寫出一句「幽紅映流泉，奔眉赴面」，回頭一看，還是比不上清宣宗的那句簡樸大方。不得已，只好饒了自己。

這樣一幅字，用「雙鉤」的方法寫成，（所謂雙鉤，就是把字的輪廓沿邊勾劃出來，中間留白），貼在牆上，宮中女子，每過一天，便用黑墨填它一筆。每個字填九天，九個字填九九八十一天。八十一天填滿後便是春天。

根據書上的記錄，這工作是由「南書房翰林」做的，做的時候要在每一筆旁邊標明陰晴風雨，但我那位北京朋友卻說是小太監小宮女塗的。我想想，覺得兩說皆可採信，這種消寒圖人人皆可掛一幅，翰林雖是有學問的賢者，但在一天天等待消磨苦寒歲月的這件事上，他的焦慮和期待，與小宮女小太監還不是一模一樣毫無分別。

我問我自己，究竟愛明朝人染花瓣的方法？還是愛清朝人描雙鉤字的方法？啊！如果可能，我兩種消寒圖都要。前者備些胭脂，淡淡的染它九九八十一瓣蠟梅。冬雪照窗之際，那漫天的雪大概也搞不清這株梅是土裡長的還是紙上開的吧。至於那九個字，一筆筆端穩穠麗，隱含風雷。每天早晨濃濃的塗它一點或一橫，一豎或一鉤，久而久之，飽筆酣墨，就這樣一撇一捺間，也就給我偷填出一天春色來了。詩句上方有「管城春色（或作滿）」四字，「管」是指毛筆的竹桿，「管城」便是毛筆所統轄的領域。原來春天是用一枝筆迎來的，不管世界多冷，運筆的動作竟能醞釀春色。

我想，用這個方法治療「嚴冬沮喪症」應該比日光燈療法好玩多了。

看在這一點上，我改變主意，承認「亭前垂柳，珍重待春風」是一句好得不能再好的詩，不是因為詩好，是人和詩之間的心情好。

這詩雖說是宣宗御製的，但每個填寫它的宮女，從第一個字「亭」的第一筆那個「、」開始，一筆筆填寫下去，到後來難免覺得整句詩都是自己完成的。

看起來，不論是皇帝，是宮女，是二十世紀末在人海沉浮的你我，不都像亭前的那株枯索無聊的垂柳嗎？等待一則春風的傳奇來度脫我們僵老的肢體使之舒柔，將我們黯敗的面目更新使之煥燦。春風在哪裡？春風是什麼？我們並不了然。去年來過的春風今年還會不會來？我們並無把握。但「珍重等待」，卻是我們最後的權利。

使心情為之美麗，使目光為之騰烈的，其實，只是等待啊！

易經六十四卦，最後一卦是「未濟」，未濟是未完成的意思，因為尚未完成，我們便有所為也有所待，我們在等待中參與宇宙的醞釀發酵和澄定完成。聖經最後一章最後一句也是等待，對全新的歷史的第二章的等待。

我漸漸相信等待是幸福的同義詞，女子「待嫁」或作曲家手上有一隻曲子「待完成」，或懷中有個孩子「待長大」，這些人，都是福人，雖然他們自己未必知道。

如果不曾長途渴耗，則水只是水，但旱漠歸來，則一碗涼水頓成瓊漿。如果不曾挨餓，則飯只是飯，但飢火中燒卻令人把白飯當作御膳享受。

生命原無幸與不幸，無非各人去填滿各人那一瓣瓣梅花的顏色，各人去充實那一直一橫空白待填的筆觸。

故事裡可憐的孫悟空，跟在唐三藏後面橫度大漠，西天路上有九九八十一度劫難。而我們凡人，我們凡人要在春回大地之前與那九九八十一次酷寒斡旋。

不知道到那裡可以找到一張「人生消寒圖」，可以把生命裡的每一片蕭索都染成柔紅的花瓣，將每一筆空白都填成躍然的飛龍。

——原載八十三年一月三十日《中國時報》人間副刊

甘醴

1

天寒地凍，大雪瀰望。

我和朋友從日本北海道的札幌出發，要去一個名叫洞爺的湖區。一路上大巴士裡面還算暖和，一下車，立刻就覺得自己要凍成一根用「急凍法」結凍的冰棒。於是很自然的，連想都不想，拔腿便向店家的大門衝去。

店家也好像早有先見，一見我們跌跌撞撞地奔進室內，立刻雙手奉上一大杯熱飲，我們正凍得混身打顫，一見了冒熱氣的東西，便急急接了，比接聖旨還恭敬。

喝下一大口，哇！怎麼味道這麼熟悉？再喝一口，答案出來了，是甜酒釀！奇怪，這甜酒釀原是吃慣的，怎麼此刻喝來竟像瓊漿玉液？在寒凍只合冬眠的此刻，一碗甘醴令人徹底醒了過來，活了過來，覺得人生還是值得熬下去的。

等喝到第三口，就開始有了美食家的鑑賞品味了。你會為那濃濁的白色而忘神，是牛乳的顏色呢！然而牛乳是孩童級的飲料，健康而純潔。甘醴卻是成年人的飲料，在純潔馥郁中隱隱潛藏著墮落和沉淪，它是溫柔的激動，甜蜜的辛辣，安謐的騷動，沉潛的瘋狂。

啊，我多麼希望手中的這隻酒碗恰如北歐神話裡那隻暗通著海洋的酒盞，可以永汲不盡。

從來不好酒，但此刻，大雪千里，我是在雪中隨時可以凍斃的旅人。然而，此處有一簷可以容我，有一碗酒可供我暖身，我不免貪起杯來，貪那嚴寒世界的一點溫度，貪那一點芳馨，貪那超乎買賣雙方商業關係之外的一縷體貼的善意。

《莊子》上說「君子之交淡若水，小人之交甘若醴」，我想，我卻願意自己既是小人也是君子。我甚至希望我的朋友也如此。全然淡若水也不見得有意思，我喜歡有時候在滴水成冰的寒天裡痛飲一碗滾燙的甘醴。

2

孩子小時候迷上一個問題，他喜歡問：「最——」。例如：

「什麼魚最大？」

「什麼鳥最小？」

但是當他問：「什麼東西最好吃？」的時候，我便答不上來了。對我而言最好吃的東西並不存在，存在的其實只是當時的一番情境。例如在蒙古牧民的帳篷裡喝一碗待客的酸奶、在泰北山鄉扒一碗用木桶蒸出來的柔韌的旱稻米飯、在陽光炙熱的澎湖濱海小店裡吃新鮮的海膽。或者，在嚴寒的北海道旅程中喝一碗甘醴。動人的其實是整個環境氛圍，而不是那一小口味覺。

3

生命中一切的好也合該如此吧？「雲在青天水在瓶」，好的不只是雲，而是在青天之上的雲。純美的不只是水，而是在淨瓶中的水。

但願我也是一盞可以化解寒凍的甘醴，在千里雪原中釃然香暖。

——原載八十五年十二月號《幼獅文藝》雜誌

同色

船在長江上走，兩岸風景逼人而來簡直是一場美的夾殺。跟風景同來的是歷史，一會兒是楚襄王夢中的神女，一會兒是屈原浮屍的秭歸，一會兒是兵書寶劍，一會兒是「朝辭白帝彩雲間」的白帝城，一會兒是王昭君生長的香溪，我站在船頭，來不及的張望。

遠遠的，江邊一塊大礫石，沒什麼來歷，沒名字，也沒什麼附會的故事，只是一塊簡單的大石頭，附上一些小石頭，如此而已，但襯著江水朝陽，卻也有一份莊嚴美麗，我為它的簡單質樸而感動。

行到近處，突然，看見磯石上有人站起，他釣到一尾魚，此刻正站起來收線，我嚇了一跳，為什麼我看這石頭看了這麼久竟沒有發現石上有人？細看去，原來是個老人，大概由於他穿著灰青的衫子，手腳又是淡褚石的顏色，他整個人和石頭竟是一體的，他們簡直同色又同質，難怪他不動的時候，我就沒看出來。

土地不屬於人，人屬於土地。
真屬於土地的人，是和江水和石頭同色同質的人。

——原載八十六年一月十七日《聯合報》副刊

「你們害的！」

六四後遊長江，船上稀稀落落沒幾個人，導遊小姐意興闌珊，只顧和服務生玩紙牌，也不搭理我們，不理算了，難道我懂長江會比你少？

有一天，遊萬縣回來，那小姐忽然開了金口：

「去年，這裡淹死了一個小孩。」

「啊！」我一驚，「真的？怎麼回事。」

「怎麼回事？」

她口氣不善，「還不是被你們這批遊客害死的！」

我內疚起來。

「到底怎麼回事？」

「他賣花給觀光客，天太熱了，他賣花賣得受不了啦，就跳到江水裡去游泳，這一游，就淹死了！你看，這還不是你們觀光客害死他的嗎？」

我聽完沒跟她爭辯，就走開了。有些人，其「沒有頭腦」「沒有邏輯」，已經到了你絕對不可以跟她對話的程度了。

——原載八十六年一月二十日《聯合報》副刊

雲鞋四則

1 雲鞋

雲鞋？雲鞋是什麼意思？是踩在雲頭上穿的鞋嗎？人踩在雲頭上的時候難道仍然需要一雙鞋子嗎？

「羌人的女孩子如果說定了人家，她就會為男方做一雙雲鞋。」有人解釋給我聽。

「那跟雲又有什麼關係？不就是訂情鞋嗎？」

「因為鞋子的兩側鎖著的花紋是那種連綿不斷的雲紋。」

啊，怎麼不早說，雲紋，我是知道的呀——可是，雲紋不是漢人的美學嗎？怎麼羌人也愛這玩意兒？或者，雲紋本來就是羌人和漢人共有的摹擬雲態的手筆？順便想起古人也真有心，除了雲紋，還有那雷紋、山紋、鱗紋、細紋、粟紋、蟬紋……啊，古老的年代，每樣器

皿都鑲以美麗的、細心的紋路，紋路其實就是不捨，就是往返迂迴，徘徊繾綣，就是把簡單直截的線條說成了曲折動聽的故事。

於是，我決定去買一雙雲鞋。在岷江邊，在賣蘋果、賣梨、賣花椒、賣棗子的諸多簍筐的背後，我看到那鮮麗的繡花鞋子，我買了它。

（郭東泰攝影）

家裡已收藏了七雙工藝鞋，大多是小孩的虎頭鞋和豬頭鞋。我一定是對鞋子的世界有點著迷，總覺得鞋子是故事開頭的第一句，接下來便有膨脹滿溢的無限無限的可能性。每一雙鞋子都意味著千里萬里的天涯路，雖然鞋子到了我家一律都釘在一片漂亮的木板上成了裝飾品，但每雙鞋子都做出一副準備出走或打算潛逃的表情。深夜，我跟這些鞋子深情對視，說不出來它們在那一點上和自己十分相似。

這雙雲鞋以麻布為底，針線納得密密的，鞋墊有兩層，穿來輕便舒爽。鞋面是黑的，雲紋是白的，杏花是紅的，一雙鞋五彩繽紛十分熱鬧。

羌人，我其實從來也不知道他們是什麼——除了中學讀歷史，在填充題裡要寫出「五胡亂華」是哪五胡時，背出他們的名字外，他們和我毫無交集。而現在，我因羌人女子縫納的一雙鞋而為之動容。因為鞋是情愛，而情愛令人感知了人世，以及屬於人世的色彩及美麗，握著這美麗的雲鞋使我隱隱解讀了那整個民族。

回家查書，書上說此族居四川松潘及茂縣等地。啊！買雲鞋的地方正是岷江邊上的茂縣呀！我不覺大吃一驚，書上的東西不是多半只屬概念嗎？原來還真有個茂縣，真有羌人，而我則真的買了一雙羌人女子手製的雲鞋。

既使有幸躋身青雲頭，踩著這一雙秀美的雲鞋，想必也不致塵汙了那千里雲程。

2 大蘋果

我們買完了蘋果——這茂縣的蘋果據說是遠近馳名的——同行的陳說：

「要不要去李先生家坐坐，他是羌人。他邀我們去呢。」

羌人，羌人對我而言有點像介乎人與鹿之間的人，他們的祖先以羌為圖騰嗎？他們機警跳脫一如山羌嗎？而羌人怎會姓李？不過也罷，茂縣的夜，除了黑，什麼都沒有，就去看看也好。一行人帶著手電筒，一腳高一腳低地摸到李家，他們幾個兒子都去外縣打工，家裡就剩他們二老，種二百棵蘋果樹。

屋子簡陋，但樑還算高，樑上垂下一副豬頭，薰成醬黑色，神情猙獰誇張，我有點懷疑他是野豬頭，家豬一向慈眉善目。

牆上貼一張紅紙，上書「天地君親師」，全是正體字，一筆不簡，恭恭整整。

高腳盤裡疊放著五個蘋果，四個在下，一個在上，顏色介於金黃和嫩綠之間，香氣噗人。

「是上供的嗎？」

「是啊！」

我其實是明知故問，但對於這麼慎重的感情，我覺得有必要一一盤問清楚，像什麼儀式中的那種一問一答的慎重。

這大蘋果讓我吃驚！其實，我應該不覺驚駭才對，那麼大的蘋果我在台灣水果行裡也看過的，而且，也吃過。但我看過吃過的都是來自日本的商品，此刻，櫥子裡盛著的卻是果農謝天的供品。

主人殷勤的又去削些小蘋果給我們吃，剛才，在市集上我們是買賣雙方，而此刻，我們已成賓主。果香滿屋，我卻魂不守舍，為那極大的蘋果而忘神。——此生此世，我也曾有一座芬芳的果園嗎？春天來時，我曾繁花如錦乎？秋天乍至，我有碩果壓枝嗎？我有沒有一粒香溢四野的巨大果實可以上薦蒼昊？

回旅館的路，依然闃黑，走在暗夜裡，我的心一半篤定一半惴惴，此生還餘一點點的歲月，願天地陽光八方風雨皆來助我，助我的果實再碩大一點，再甘醇一點，再清脆一點，再芬香一點……，我多麼預期我的果園裡也有美麗的碩果可以告祭天地。

3 樹的名字

她是個知名的教授——在海峽兩岸都是。

她打電話給我，說要請教我一件事，我當然連稱不敢。不料她的問題如下：

「從建國南路高架橋下來，轉仁愛路，靠近中國廣播公司，有些樹——那是什麼樹？」啊！原來是跟學問之道無關的事，不過她點中我來問些「草木蟲魚疏」，倒也是我極大的榮幸。

「仁愛路，」我沉吟，「會是樟樹嗎？」

「不，不是，樟樹我認得。」

「仁愛路上還有一種怪樹，叫印度橡膠，葉子又肥又大……」

「葉子不大。」她斬釘截鐵的說，「小小的，一個巴掌上大約可放六片。」

天！她形容得可真夠精確。

「好！我抽空去那路段走一趟，試試看認不認得出它來。」

那幾天我的心不時懸著，哎，如果我也不識那樹，可找誰去問呢？問樹本不難，但如何巴巴向人解釋，「就是中國廣播公司前面那幾棵呀！」彷彿釘梢上某個美女便托人去打聽姓名似的。

終於有一天下課比較早，就特地去轉了一圈。啊，車子剛下交流道我立刻就明白了，那樹極美，且有個奇異的名字，叫小葉欖仁，相對於小葉欖仁還有另外一種樹，叫大葉欖仁。

大葉欖仁名氣比較大，一度盛傳其葉子可治肝病，而且，必須是熟極而自落的枯紅葉子，摘下來的則無效。因此，你有時便會看到台北街頭的怪現象，幾個老人，眼巴巴的站在樹下，抬頭望著酡紅的葉子，等它辭枝墜地，一個個虔誠得有如在等待顯聖顯靈的信徒。

而身為大葉欖仁的親戚，小葉欖仁卻沒有什麼神奇藥效，它只是一逕美美的舒展其輕翠淺碧。

小葉欖仁第一動人處在其枝，枝子橫向平伸，像印度舞女手臂手心平直的舞姿，又像馬戲團中人全身上下挾無數翠盤，一盤一盤皆通體透綠，與地面平行。

小葉欖仁第二動人處在葉，因為是落葉喬木，春天便有全新的春衫可換，初生的葉子其色勻沉細緻，耐人分析。世間有「比較文學」，世間也真應該有「比較綠學」，同樣是樹，同樣是綠，卻色色般般不一樣。小葉欖仁的綠，片片皆是春水裁成，瑩凍粹鍊，在它自己是乍睜醒眼，對人，也足夠令觀者猛然一驚，從俗務的宿醉中醒來。

能有個朋友，拿這種「不急之務」來打岔真好，使我不得不慎重其事地去走訪了一趟小葉欖仁，重新細繹一遍它的性格，溫習一遍它的風華，並且讓朋友的驚豔有了一番謎底。

4 黃花

時間是十月初秋，地點在韓國。

晚宴還沒有正式開始，客人在三樓的廳堂裡款款談話，這是一場國際性的學術會議，剛剛結束了，此刻，做主人的正設宴待客。

從我們的座次平平望去，窗外一百公尺處有棵樹，樹梢頭開了幾片嫩黃色的花，我很好奇，便去問賓客這花的名字。

不料被問的人一個個瞠目結舌，不能回答。

我不甘心，不厭其煩的去攪擾人家，但總得不到答案。

其實我如此窮追不捨倒也有個緣故，只因那樹雖在百公尺外，但怎麼看都像銀杏，而銀杏有花嗎？沒聽說過，如果有，大概也是隱式的，何況現在時序是初秋。韓國人傳說母銀杏樹在一公里外只要望公銀杏樹一眼便會懷孕，想來是風媒。

問遍全席的人，終於有一個站了起來，向遠方凝神瞅了兩眼，大聲宣佈：

「那是銀杏樹，你說的那花不是花，是剛剛開始變黃的銀杏葉子。」

我一時又愧又喜，愧的是自己連葉子也不識，還以為是什麼奇花，喜的是滿屋的人其實也跟我一樣不知道，但深以為奇的卻只我一人，開口反覆窮究不停的也只我一人。我雖笨，卻是個多嘴且好奇的笨蛋，如此這般，我竟是唯一一個大惑得解的笨蛋。

其實也不能太怪我，那剔透的黃葉真的也太像花瓣了，夕陽光中遠望過去，片片作嫩金色夾在眾綠葉中，難怪我會誤判啊！原來初初凋零的霜葉竟是如此悽絕豔絕的啊！

噫！遠遠的，在高麗國，在秋初，在校園乍起的秋風裡，一叢銀杏葉被我誤會為黃燦燦的花，也是一場美麗的誤會吧？這件事，其實已是七年前的舊事了，但不知怎麼，卻記得牢牢的。那年春天看過的花我全忘了，那場會議裡學者們發表的論文我如今也已印象模糊，唯獨那長得像小摺扇的銀杏葉，因過分的亮麗而被我誤會為花朵的，至今仍燦燦然亮在記憶中的大樹高處。而且顯然的，它已超渡為真的黃花，光燦瑩澈如琥珀一般，歷千錘百鍊而終於已凝定為一花，與我宛然對視。

——原載八十七年六月號《聯合文學》雜誌

平視，也有美景

在香港，如果要約人相會，最好的見面地點似乎沒什麼可爭議的，當然是高大醒目的匯豐銀行。它離地鐵近，是無人不知的地標。

那天，我便和朋友約在那裡見面，打算坐纜車上山去吃飯觀景。匯豐銀行唯一的缺點是範圍太大，且因「人同此心」，在此處等人的人每以百計。假日期間菲傭麕聚，如同市集，所以有必要再指定一個小範圍來碰頭。

「銅獅子吧！」朋友建議，「面對銀行右邊的那一隻。」

朋友細心，獅子照例是一對，如果不說明左右，到時候總有點令人心慌。

我早到了，路遠，不容易控制時間，多出二十分鐘便只好拿來四處打量人群。新雨初晴，萬頭鑽動，港人是什麼大風大浪都經過了，「上海匯豐銀行」的盛名炳炳彪彪，比起「中華人民共和國」的新貴，它是老牌多了。而那兩隻獅子威儀赫赫，是往昔的也是今日的榮耀。

我於香港，雖是身居過客時為多，但我在這裡曾教過書，我的戲也在此演過。我且擁有這個地區的身分證，和滙豐提款卡，使我和她之間不免覺得有點兩情繾綣起來。

銅獅子曾被多少雙手摸過？它永遠那麼光滑潤澤，摸它的人都心懷喜悅吧？牠那麼雄壯，卻那麼馴良無害，每個人都可以一親牠那銅質的清涼的肌膚。

來了一對情侶，在獅身前合照後離去。

來了一個小孩，被大人抱起，摸了一把獅毛，咯咯的笑著走了。

來了一個女子，細瘦鬱悒，她輕輕的握了獅腿，面無表情地走開。

我站在一旁看，我想起西方中古世紀有一種「帶狀演戲」的方法（這不是學術名詞，是我為了方便說明姑且用之的講法）。那時代，有些野台戲的演法是讓觀眾站在路旁，演員則站在車子上（有點像電子花車），車到定位便停下來演一段獻給路邊的戲迷看。然後車子開走，然後下面會再開來一車，車上的演員會提供下一回合的劇情。如此一車車的情節串成悲歡離合，串成善惡報應，觀眾則在虛實幻設中喟嘆、嘻笑、流淚……。

我今也是站在銀行前的定點上看眾生演出、離去、演出、離去……的戲迷。

然後，我看到有個穿黑色唐裝的老人扶著杖走來，他慢慢的摸了獅頭，又摸了獅座。

「咦，怎麼有水？」他叫了一聲。

「剛才下過一陣雨。」一旁邊回答他的年輕女子看來像他的女兒。我這才注意到，他是個瞎子。

「以前，我是看過銅獅子的！好久了！」他說。

啊，女兒真好，真貼心，只有女兒才會想到要帶盲眼的父親出來散心，並且來摸摸這銅獅子。

我要約的朋友來了，我們一起去排隊坐纜車。不料等纜車的時候，又碰到這對父女。我的廣東話雖不怎麼樣，卻厚著臉皮去找那女孩搭話：

「他是你什麼人呀？」

「他是我爹地！」

「你真有心（這句話在粵語中有點等於體貼細緻的意思），你爹地有你這樣的女兒好福氣！」

這時朋友忽然對女孩說：

「我看你有點面熟哩！」

「我看你也是呀！」女孩說。

兩人終於對出來了，朋友因為是牧師，有時會去各教堂講道，他們曾在教堂見過。

於是聊起來，知道他們從廣東來香港三十年了，知道她爸爸是這些年失明的，知道這位身著黑色唐裝的老人從前是讀過中國古書的，「會背好多文章和詩詞歌賦呢！」女孩無限景仰的誇耀著，老人則溫和的淺笑。

「你有這個女兒，好過人家好多仔（兒子）哩！」

老人一逕微笑，用最謙遜的表情承認了他的驕傲。

到太平山坐纜車並赴山頂餐廳吃飯，一般人目的只有一個，便是俯瞰山下的千門萬戶和依依港灣——我不好意思問女孩，對於失明的父親，這一切，不都浪費了嗎？

然而，纜車上，閉上眼，我揣摩盲人的世界，車子往上攀爬的時候，其實身體也是有感覺的。下了纜車，如鞭的山風自然跟平地是迥然不同的。盲人於風景既不能俯望也不能仰望，但當女兒牽著他手徐徐前行的時候，他會知道，自己就是令人羨慕的大好的風景。

餐廳的人潮裡我們走失了，但我知道，午餐的好味道他是嚼得出來的，而午後山徑上陽光，他也必然知道其好處在哪裡。

不屬於視覺的好東西其實也蠻多的，其中最好的一項當然便是女兒——一個笑語朗朗，半肩柔髮，一路攙著父親的好女兒。

下一次，下一次我如果再去匯豐總行，我會好好摸一下那隻銅獅子。我會感知觸摸的世界是如何清涼有致，感知世間曾有多少隻手，各以他們一己的體溫和指紋留下他們無言的故事。

登高俯瞰，原是許多城市常見的觀光項目。如果你坐進旋轉餐廳吃飯，你還可以看到整個三百六十度的「完全景觀」——但我真正誌之不忘的，其實只是在尋常的小街角，用平視的角度所看到的小人物，以及他們平凡而又庸常的父慈子孝。平視——不一定要仰視或俯視——也有美景。

——原載八十八年二月二十一日《中華日報》副刊

放爾千山萬水身

從書桌前，我抬起頭來，天際紅霞湧現，盛夏的黎明是如此乾淨剔透。我平時很少早起，一時之間，不免為這樣的美麗鎮住了。其實，今天我也沒有早起，而是晚睡，我整夜沒睡，我要出國了，我要出國去觀光了！

這一年，是民國七十年，啊，如果歲月也有容顏，我願編荷花為冠冕，戴在那一年的眉額之上，那是多麼光華四射的日子啊！

國，我不是沒有出過，我已去過琉球、香港、馬來西亞、美國和歐洲，但都是去演講。而像我這種「楞子性格」，答應演講就真的去演講，順便看一眼明山秀水也是有的，但叫我虛晃一招，假演講之名去流連遊玩，我覺得不算好漢行逕。既然全國之人都不能出國觀光，本姑娘也不打算偷偷開跑，獨享特權。反正，等某年某月某日，我相信，總有一天，當局會開放觀光，我會熬到那一天！「不偷跑」政策也許有點好笑，可是，我就是這樣想的。

同樣的，後來在民國七十二年，我赴香港教書時，因為擁有一張香港居民證，可以十分方便的去大陸，但我不去。學校給客座教授住的宿舍便在沙田第一城，社區裡有巴士直達「匪區」羅湖，我眼巴巴的望著站牌，卻仍然咬牙不去。我知道，如果自己能趁別人去不成的時候先去，然後把所見所聞大書特書，當然可以取寵一時，但這種事勝之不武，我也不想要。因為大家同是一國之人，要死一起死，要活一起活，要「不觀光」或「不赴大陸」，大家就該一起不做。

所以，這天早晨，才是我第一次出國觀光。至於徹夜未眠，倒不是因為興奮，而是因為趕著在行前把編撰的一本書的稿子交出來。

我們要去的地方是印度和尼泊爾，啊！唐三藏的旅程，孫悟空的旅程，我們也要去走它一圈！不為取經，只為玩！可憐故事裡的唐三藏一路行行躲躲，唯恐有妖怪來吃他的肉。可憐孫悟空一路打妖怪打得手都長繭了吧？而我們一行卻談笑把盞，駕雲直達，何等愜意。

由於這趟旅程，我交到了知己好友。由於這趟旅程，我體會了東方古國的華豔富麗和骯髒赤貧，至美難蹤和醜惡污爛。恆河之畔，有人在光天化日之下架火焚燒死屍，濃濁的黑煙中，我驚愕的想起少年時代才會窮思不捨的生命和死亡的謎題。在璀璨如用月光為建材而砌成的泰吉瑪哈陵前，望著身披玉色縹紗的印度姝女，不禁要問愛情是什麼？美麗是什麼？死別是什麼？權力又是什麼？

好的旅遊，不僅帶人去遠方，而是帶人回到最深層的內心世界。

二十年過去了，這段時間，我又去過許多地方，像紐西蘭，像澳洲，像蒙古，像峇厘島……但如果有人問我最喜歡旅行中的那個部分，我會說，我喜歡回程時飛機輪胎安然在跑道上著陸的那一剎。那麼篤定的歸來的感覺。終於，回到自家的土地上來了，這地球的象限中我最最鍾愛最最依戀的座標點。

唐代有個姓吉的詩人曾寫過一句詩：「放爾千山萬水身。」意思是說，放縱你那原來屬於千山萬水的生命而重回到千山萬水中去吧！有趣的是，這首詩其實是首放生的詩，詩人放了一隻猿猴，叫牠回歸千山萬水去。我雖然不是猿猴，但我極喜歡這首詩，彷彿它是為我寫的。人類在某種程度上也是一隻急待放生的生物，旅行，至少提供了片面的放生。大約，在我們靈魂深處都殘存著千年萬年的記憶，對深山大澤和朝煙夕嵐的記憶，需要我們行遍天涯去將之一一掇拾回來——因此，能出國去走走是多麼好的事啊！

是的，放爾千山萬水身吧！

——原載九十年三月三十日《人間福報》

又一章

第一幅畫

中學的年紀，我住在南部一個陽光過盛的小城。整個城充滿流動的色彩。春天，稻田一直澎澎湃湃漲到馬路邊，那濃綠，綠得滯人。稻子一旦熟了就更過分，曬稻子可以紛紛曬上柏油路來，騎車經過，彷彿輾過黃金大道。輪到曬辣椒的日子，大路又成了名副其實的「紅場」。至於鳳凰樹，那就更別提了，年年要演一回「暴君焚城錄」，烈焰騰騰，延燒十里，和這個城裡豔紅的鳳凰花相比，其他城市的鳳凰只能算是病懨懨的野雞。

太炫麗了，少年時的我對色彩竟有點麻木起來。

那城而且充滿氣味，一塊塊的甘蔗田是多麼甜蜜的城堡啊！大橋下的砂地彷彿專為長西瓜而存在的。結實纍纍的芒果樹則在每個人家的前庭後院裡負責試探好的和壞的孩子。野薑花何必付錢去買呢？那種粗生賤長的玩意，隨便那個溝圳旁邊不長它一大排？

然而，我卻是一個有幾分憂鬱的小孩。二張雙層床，我們四個姐妹擠在五坪大小的屋子裡。在擁擠的九口之家裡，你還能要求什麼？院子倒是大的，大約近百坪，高大的橄欖樹落下細白的花，像碎雪。橄欖熟時，同學都可以討點「酸頭」去嚐，但我恨那酸。覺得連牙齒都可以酸成粉齏。

漸漸的，我找到一點生活下去的門道，首先我為自己的上鋪空間取了個名字，叫「桃源居」，這事當然不可以給幾個妹妹知道，否則，她們會大驚小怪，捧個肚子笑得東倒西歪，但只要不說，也就萬事太平，於是我就很陰險地擅自裂土獨立了。反正，這是我的轄區，我要叫它桃源居，別人又奈得我何？

然後，不知道從哪裡，好像是銀行，我弄到一份月曆，月曆上有張莫內的畫，我當然也不知這莫內是何許人也，把Monet用英文念了幾次（法文當然是不懂的），覺得怪好聽的，何況那畫面灰藍灰藍的，有光，光卻幽柔浮動，跟我住的那個城裡曬得人會冒油的太陽截然不同。

歐洲，那是個怎麼樣的地方呢？在那年代，異國也幾乎等於月球那麼遙不可及。

我去配了一個鏡框，把畫掛在我那疆域只及一塊榻榻米的「桃源居」裡，心裡充滿慎重敬謹的感覺，彷彿一下之間，我就和這個文明世界掛鉤起來了。有一幅名畫掛在我的牆上了，我覺得我的上鋪跟妹妹她們的鋪位顯然不同了，她們的床只是床——而我的，是懸有名畫的「藝苑」。

這是我擁有的第一張畫，其後在很長一段時期裡，它也是我唯一的一張畫。莫內，也成了我那階段最急於打探的一個名字。後來，果真看到他的資料，原來是「印象派畫家」，「印象派畫家」是什麼？對三十年前南方小城的中學生來說好像太艱澀了，但我已經很滿意了，原來我一眼看中的日曆畫，果真是件好東西呢！

那樣灰藍灼白的畫面，現在想來，好像忽然有點懂了。其中灰藍部分透露出的是無比的沉靜安詳，好像只有歐洲才能那麼安靜。但由於灰藍之外，有那麼一點彷彿立刻要抓到而又立刻要逃跑的光，所以畫面便有那麼些閃閃忽忽像夏夜螢火蟲般的光質。東方的繪畫美在線條，但對那無可奈何的光，便只好用大片金色去彌補，可惜金色富麗斑斕，像溫庭筠的詞裡所寫的「畫屏金鷓鴣」。日本人也愛用金色敷抹屏風，但太炫麗的東西，最後總不免落入裝飾趣味。一旦淪為裝飾，就難免有「小氣」的嫌疑。

莫內的光卻是天光，十分日常，卻又是長長一生中點點滴滴的大驚動，令人想起創世紀上簡明如宣告的句子：

「神說，要有光，就有了光。」

是的，就有了光，當年那個小女孩，只擁有四分之一寢室的灰姑娘，竟因一幅複製的畫，忽焉擁有了百年前黎明或正午的淵穆光華，擁有遠方的蓮池和池中的芬芳，她因掛了一幅畫而發展出一片屬於美的「勢力範圍」，她的世界從此變成一個無阻無礙的世界。

啊！我想今年春天我要去看看莫內，我要去博物館裡謝他一聲。三十多年過去了。我仍然記得當年把釘子釘入牆壁，為自己掛上第一幅畫的感覺。

——原載八十二年三月二十六日《聯合報》副刊

開卷和掩卷

X君，十八歲，神差鬼使，不知怎麼選擇了讀中文系。X君也許是男孩，也許是女孩，也許是有志文學，也許只是分數不夠高，讀不成別的，只好到中文系來湊和。總之，他來了。

他既決定來中文系，對文學總有幾分情意。而這幾分情意不敢說一定能驚天動地，但總也不算虛情假意。他希望自己和文學之間的關係能漸入佳境。

然後，開學了。偉大堂皇的學分紛紛上場，他忽然發現自己像結婚禮堂裡的新郎：他可以拜天地，拜高堂，他可以用印，可以敬酒，可以吃菜，甚至可以表演親吻新娘。但他就是不能和新娘一起走開，一起走到花前月下的無人之處，傾心相談。

X君的大一課程除去體育、英文、歷史、憲法不算，剩下來的可能是國文、文字學、文學概論、理則學、文學史。等到二年級，他可能讀歷代文選、文學史、詩經、詩選、小說選、聲韻學或訓詁學……如果X君夠警覺，他會發現一路下來所有的學分，所有的教法，都在塞給他一個東西，這個東西的名字叫：「文學學」。

對，是文學學，而不是文學。

什麼叫文學學呢？文學學是指文學的周邊學問，例如修辭學，例如理則學，例如聲韻訓詁。

文學學也不算沒有意義，像大城市之必須有衛星城鎮，像大工業必有衛星工廠，文學也不妨有些基礎工程，只是基礎工程之後應該繼之以亭台樓閣才對。平地架樓，因無根無基而脆弱無依，固所不宜，相反的，只挖一堆地基放在那裡，而無以為繼也未免可笑。

我們姑且假定X君一向很重視自己的學業成績（對在台灣長大的學生而言，這個假定不算過分亂猜吧？），因此他很努力的想考好他的每一門學科。譬如說，詩選這門課吧，考試之前，X君努力要記清楚的資料很可能是：

一、仄起式的平仄是如何安排的？

二、初唐最重要的詩人是誰？

三、杜甫「香稻啄殘鸚鵡粒」是什麼意思？

四、「勸君更進一杯酒」和「與爾同銷萬古愁」之間算不算對句。是否動詞對動詞，名詞對名詞，虛字對虛字？

X君在班上的成績不錯，運氣好的話他還可能拿到某種獎學金。X君畢業在即，正準備考碩士班研究所，大家都稱讚他是中文系高材生——不過，有一個小小的祕密，那就是，X君迄今都還沒有碰到文學。

X君和其他好學生一樣，從小深信一句話：

「開卷有益」。

他平生受這句話之惠不少。譬如說，等車的時候，排隊等吃飯的時候，他都一卷在握，絲毫不敢浪費時間。他一點點學業上的成就都是靠這句話博取來的。

可惜X君不知道另外一句更重要的話：

「掩卷有功」。

掩卷有功四個字是我發明的，古人並未明言，雖然古人很善於掩卷。

李白詩中有言：

「片言苟會心，掩卷忽而笑。」（〈翰林讀書言懷呈集賢諸學士〉）

蘇轍的詩中也有一句：

「書中多感遇，掩卷輒長吁。」

「掩卷」就是把書合起來的意思。除了「掩卷」，古人也用其他的字眼來表示類似的動作，例如：

「闔卷」、「抛卷」、「閤書」、「擲書」。

除了關上書卷，其他類似的動作如：

「擲筆」。

其作用也類似。

開卷而讀，是為了吸取資料，但吸取資料只不過把人變成「會走路的電腦光碟片」而已，並不能使我們摧心動容，使我們整個人變得文學化。

「掩卷長太息」才是「教書機」和「讀書機」辦不到的事情。X君如果「讀書破萬卷」，也未必有益，只待X君一旦「闔卷淚沾襟」，則他的文學教育就不算空白了。

建國中學長久以來流傳著一則故事，有位同學，打開歷史考卷一看，有道題目要求詳述鴉片戰爭對近代中國的影響，他匆匆寫了兩行，忍不住，便擲下考卷，急奔到校園中去痛哭。那一天，他的歷史考卷當然是不及格的，但當天其他考卷和成績漂亮的同學能和他比歷史感嗎？相較之下能一字字冷靜道出馬關條約的同學反而顯得殘忍無情吧？

「伏卷」而書的乖乖牌學子何止千人，但「推卷」而起撫膺號啕的卻只有那一位啊！

英國十八世紀的歷史學家吉朋，寫了卷帙浩瀚的《羅馬衰亡史》。從動念到完成，歷時一十四載。所描述的時代則長達一千三百年，其規模氣魄略近司馬遷寫《史記》。吉朋寫此書言簡意賅，綱舉目張，為世所頌。但我真正心折的還是他一七六四年秋天站在卡比托爾的古羅馬廢墟中，對著斷壁頹垣喟然而嘆的那份千古歷史興亡感。

書寫歷史不是靠一個字母一個字母的死功，而是靠望著「大江東去」，油然興起「浪淘盡，千古風流人物」的那聲嘆息！

身為中文系的老師，我深知同學諸生能做個「開卷人」的已經不多了——「不開卷的人」就更別提了，他們根本沒資格來「掩卷」。可惜的是那些只知開卷而不知掩卷的學生。古人認為讀〈出師表〉、〈陳情表〉應該「有感覺」，否則不忠不孝。今天學生讀此二文恐怕大多數的人只在意考試會考哪一題。其實，應該「有感覺」的篇章又何止〈出師表〉、〈陳情表〉，讀陳子昂〈登幽州台〉既使不愴然淚下，也該黯然久之吧？讀張岱湖心亭飲茶一章，能不悠然意遠嗎？

不幸的是，屬於文學的、感覺的境界往往難以傳遞，於是我們只好教授「平平仄仄仄平平」。後者客觀、確實、有效率，也容易讓學生佩服。當今之世，講杜甫〈兵車行〉講到梗咽淚下難以為繼的老師恐怕多少會讓學生看扁吧？

但我要強調的是，那些開卷讀書卻不曾掩卷嘆息的人其實還不曾跨入文學的門檻。那些接觸過客觀資料，主觀方面卻不曾五內驚動的，仍然只算文學的門外漢。

下面我且舉幾例，來說明只要細心體會，其實感動無處不在。

譬如說，詞牌。一般而言，詞牌因為是音樂方面的調名，和文字內容未見得有密切關係。讀的時候很容易就掠空而過低調處理，不去管它了。但詞牌名仍有那極美的，耐人反覆玩味。真的是「闔卷」之餘茫然四顧，惋嘆流連不能自已。

有兩首詞牌名，（現在很少聽到）一名〈惜花春起早〉，一名〈愛月夜眠遲〉。每當花朝月夕，想起這兩個詞牌名，只覺其困境亦恰似人生：春朝花綻，怎能不勉力相從？月夜光盈，又怎忍遽捨清輝？然而活著原是一件艱辛的事，誰都能像王維詩中的神勇少年「一身能擘兩雕弧」？而美，是如此浩渺不盡，我怎能既追蹤「惜花春起早」又抓緊「愛月夜眠遲」？

只是詞牌的名字，已足夠令人掩卷失神。

另外生動逼人的詞牌名還有，如：

〈驟雨打新荷〉，唉，如果是「雨打荷」也就罷了，「驟雨」打「新荷」卻令人如聞土膏生腥的氣息，如觸及五月的清甜微潤的池面薄煙。方其時也，新荷如青錢小小，比浮萍大不了多少，比雨滴大不了多少。小小的新荷，圈點著水面，圈點著初夏。而初夏這篇文章寫得太好，造化神明不知不覺便多圈了幾個圈。

此外〈一痕沙〉、〈一萼紅〉、〈隔渚蓮〉也都令人神往心悸，不勝低迴。而蘇東坡的〈無愁可解〉則是一派頑皮，意欲挑戰〈解愁〉。人生弄到要靠酒來解愁，則何如根本把自己活成「無愁可解」的境界。既然根本不愁，也就不必麻麻煩煩去想法子再來解什麼愁。

不過是幾個詞牌，不過是三五個字的組句，卻令人沉吟，遲疑，不能自拔於無邊之美感。

除了詞牌，齋名也頗有趣。古人動不動便有個堂皇的齋名，但現實生活中則未必真有什麼樓什麼軒什麼庵什麼室什麼齋。所謂的齋，往往只在主人的方寸之間鳩工營造。

初中時就聽到梁任公《飲冰室文集》，當時只以為飲冰室就是我們吃刨冰的冰果店，代表的是清涼的意思。及至讀了《莊子》，才知道全然不是那麼回事，原文是「今吾朝受命而夕飲冰，我其內熱歟？」注疏中說「晨朝受詔，暮夕飲冰，是明怖懼憂愁，內心燻灼」，原來飲冰是指內心焦灼不安。那麼，梁任公原來在恣縱無礙的才華之外亦自有其生當亂世的憂怖，如此一想，也真要掩卷肅容一番。

至於曾國藩，他把自己的住處命名為「求闕齋」。世人無不愛求全，曾氏獨求「缺」。以他當時位極人臣的顯達背景，他當然比別人更了解居安思危的真諦。求缺，是全福全貴到極至之後的謙遜。對此簡單明瞭的三個字，曾文正公一生風骨氣度都畢現眼前，我因這三字而掩卷輕嘆，終生俯首。

近人有「無求備齋」、「知不足齋」，並皆引人深思。周棄子先生取名「未埋庵」，令人思之不勝感傷。一切活著的人不都遲早要大去嗎？把此刻的自己看作葬禮未舉行前的自己，多少可以減少一些名利心、爭逐意，雖然命意嫌衰颯了些。

以上舉例重在可嘆可感的美感，至於有情有趣可堪一笑的例子也是有的，此處且舉蘇軾〈攓雲篇〉的詩序為代表：

「雲氣自山中來，以手撥開，籠收其中，歸家雲盈籠，開而放之，作攓雲篇。」

如果讀〈出師表〉不哭為不忠，讀〈攓雲篇〉不掩卷大笑也真可謂「不通氣」了！東坡老兒實在無賴得可愛，把山雲捉來放在竹籠中，倒好像那些煙嵐雲霧全是小白馴鴿似的，手到擒來，等籠子一張開，全部白雲亦如小鳥振翅而出，急撲撲的穿梭得滿屋子都是。世間寧有此事！但蘇軾的謊撒得太可愛了，這一齣他自導自演的「捉放雲」幾乎有些卡通趣味，你除了撫掌大笑之外還能有什麼辦法！

剛才所說的那位X君，如果在大四畢業之前只會開卷勤讀，而不會掩卷悲喜，他這一生就算做到中文系教授，也仍然是個「文學絕緣體」。

但願讀文學的X君不單讀了些「文學學」，也早日碰觸到「文學」。但願X君和其他所有接觸過文學的Y君，都既能因開卷而受益，亦能擁有掩卷一嘆的靈犀。但願他們不僅是「有腳光碟片」，而是有感應的「文學人」。

——原載八十五年六月《中國現代文學理論》季刊

從夢境裡移植出來的木板橋

這是我第二次去看他的橋了，上一次是在兩年前。

在古老的傳統歲月裡，造橋鋪路是功德一樁。高速公路上有個收費站，站名便叫「造橋」，想來是紀念先人造橋的艱辛。但阿亮造的不是那種橋，阿亮造的是「陶藝家」之橋。他用陶雕的手法做了一片片橋板，最後把它銜接起來，成了長橋。

周末下午，我穿過城中纖細的無邊絲雨，來到那座橋前。啊，橋身更長了！彷彿從上次到現在，橋已成長並衰老。我收傘獨立橋畔，眼前的市府大廳展覽廊一時之間竟幻化成野煙瀰漫溪澗淙淙的山鄉。

橋寬八十四公分，高一公尺，長則暫時是十二公尺。說暫時，是因為阿亮說完成的時候是二十公尺。橋板紋理清晰，一一用鐵釘釘在橋架上，橋中段塌陷下去，殘材萎落一地。是「時間」的腳痕踩得太重了嗎？我的心暗暗抽痛起來。

這樣的橋，彷彿是從我的夢境裡移植出來的——說「夢境」而不說「回憶」，是由於

「回憶」碰不到這麼遙遠的東西。「回憶」比較勢利，動不動就把某部分忘掉了，「回憶」常不夠忠心。夢卻比較誠實，夢像老狗，把我們不知遺忘何方的東西扒了出來。啣著，放在我們腳前，然後悄悄的，一聲不響地走開。

是的，這座橋，必然是從夢境裡移植出來的。那時候我幾歲？也許三歲，也許五歲。某個黃昏，由大人牽著，走過山溪上的小木板橋。那時刻，眾鳥正歸林，日頭落了，橋身呈暗褐色，正如此刻阿亮用一千兩百五十度C燒成的還原

藝術家陳景亮創作「篳路藍縷」大型陶藝作品

硬陶，那麼深，那麼沉，布滿木頭紋理的恣意自在。阿亮說他用的是苗栗土，苗栗的泥土照我看也是客家籍的，跟它的製造者阿亮同血緣。厚實細緻，耿介自適，稜角分明。

苗栗土卻也有個毛病，就是「不穩定」。買進口的陶土，十年前買和十年後買竟然成分可以一模一樣。而這苗栗土，上次買的一噸土和下次買的一噸土竟然是不一樣的。不過這「毛病」到了阿亮手中竟然變成好事，「我要我的橋板每一片都稍稍不一樣，苗栗土剛好如此。」於是阿亮橋上的橋板每一片是每一片的風格，每一片有每一片的品味。而大部分的橋板都各自痛著自己的傷勢，其創傷包括刮痕、皺裂、凹陷、朽殘、掰壓……總共五噸泥土，燒成以後是兩噸半（啊！兩噸半的傷勢！）這麼「有分量」的作品，在全世界的陶藝圈子裡也是絕無僅有的——而這二十公尺的大件全是在那一立方公尺的電窯裡一次又一次慢慢燒出來以後才拼成的。燒了三年，目前還在燒……。

「剛開始，我做兩公分厚的橋板，燒好一看，縮了百分之十六，剩下的厚度看起來小裡小氣，我一口氣把它們全砸了。」

每個陶藝家都是砸陶高手，他們不容許我們有看到二流作品的機會。

接下來他懂了，他燒六公分厚的，每片陶板花一、兩天琢磨，每一片都是一截舊夢，都需要細細描繪記錄。

「小時候住屏東西勢，我家是佃農，我是最小的孩子，媽媽一共生了九個，活下來的是六個。我是吃蕃薯籤長大的。但那時候真是幸福，家旁邊就有小溪，溪裡就可以抓蝦，橋，到處都是，隨便走都會碰到橋……」

「一九八八年我出國，看到人家的陶藝，我嚇得半死。我現在做的東西不敢說怎麼好，但至少我要讓自己以後看到別人的作品不再嚇得半死……」

明年，這二十公尺的「巨作」就要在華盛頓史密森尼博物館展出，這是以陶瓷（China）為國名的華人第一次被邀請到如此有規模的美術館裡作陶展。阿亮有他的喜悅、自豪和浩歎。

「這三年來我貸了兩百萬款來支持自己，可以賺錢的東西我都沒做。但作品一定要一口氣完成，久了，情緒就斷了，情感就銜接不起來。我一定要儘快把它完成。」

工作開始不久，母親去世了。作品有個名字，叫「篳路藍縷」，原是想紀念父母那一代的。那一代，含辛茹苦，把孩子帶大，但是橋身卻坍陷了。母親恰如那橋，但她卻來不及見到這座母性的橋了。

「每個人，都會因為這座橋觸動些什麼，聯想起什麼吧？對我來說，那乾涸的河床，那曾經平平穩穩可以溝通兩岸的橋身，那歲月走過留下的一點符號，那千古辛酸之餘只剩一抹月色無言相照的淒然，都是我想放進作品裡去的……」

而此刻，我從橋頭踱到橋尾，復從橋尾踱到橋頭，想像一次一次的烈焰如何神奇地化泥土為木材。這整座橋其實是一把猛火橫摧之餘的幻象，我們在火的祭典裡重溫了木板橋的身世。

這橋，這魂夢中的橋，必然承載了過重的東西才不支而傾圮的吧？凌晨的一灘殘霜，夜歸之人搖晃的燈籠紅光，一雙情侶的儷影，一整擔新挖的綠竹筍，一支極甜又極苦的少年山歌，一隊狂奔以追逐蝴蝶的小孩，一排哀哭的送殯的行列，一春的密雨，一個從戰場回來的兵，一片驚動山鳥的月色……。

夢園荒蕪，唯夢園中移植出來的木板橋抓住了一握永恆，留待失怙的心前來依傍。

——原載八十五年十二月號《幼獅文藝》雜誌

坡丘的聯想
——觀楊桂娟《山與狗》之舞和舞台

圓融柔和卻又暗自騷動

（顏氏女）「禱於尼丘，得孔子」
——司馬遷《史記》〈孔子世家〉第十七

「丘，土之高也，非人所為也」
——《說文解字》

幕啟的時候，舞台正後方是一整片坡地。那小小的丘陵，記憶中是鄉下五、六歲大的孩子可以一口氣衝到頂端的那種。

啊，小丘。

我為那無端的小小的突出而感動，它像女性身體中柔和的乳房，如湖波微泛的初孕的小腹，像年輕的陰阜，豐隆沃腴。

舞台上，如果演戲，常用的變化是平台（platform），平台是直線，剛截方正，條理釐然，應該劃歸為男性樣貌。而這舞台卻設計了這座小丘，小丘圓融柔和卻又暗自騷動，分明是女性的性格和情緒。

彷彿時間仍是太古，茫茫漠漠的大地剛剛發生了地震，神話中的土牛拱起牠的背脊，地殼在一陣運動後，就有那麼一塊泥土傲然隆起。並不打算去做嶺做峰，只是想稍稍隆起，隆起，便是完成自己的記憶。

歷史上，第一個和丘有關的女子是顏氏徵在。她與年老的孔父結合，她對自己的受孕和生產全然沒有把握，於是，她祈禱。她不曾面向高大直矗的泰山，那是歷代帝王封禪受命之地，而她只是卑微的女子，她來到尼丘之前，虔誠膜拜。小小的草坡，斜斜的角度，順著斜坡望上去便是藍天，顏氏徵在便于這裡向天地神明索取一個孩子（像樹，索求花和果，像夜空，索取星光）。而上天給她的超過了她所求所想的，上天不但給了她一個孩子，也給了她一個聖人。

而此刻，舞台上的女子斜刺裡衝上去的，便是那同樣的坡度嗎？祈禱的女子顏氏徵在，也是面對這樣的坡度吧？

有了坡度，舞台立刻比平面多了一些面積，舞台不再只是水平面，它也有了垂直面。但不是九十度的垂直，垂直太嚴峻，像法律。坡是三十度，或是十五度，坡是隨緣自在，坡是嬉戲的滑梯，坡是個輕易上得去也下得來的地方。

彷彿有一條看不見的河水在流，所有的河不都是這樣流過斜坡和小丘嗎？舞者御風，從坡上翻滾而下，如同孩子，嬉玩在斜斜麥稈垛子上，那麥垛柔軟的角度容得下每個童子張臂溜下，載著驚悚和喜悅，笑聲和叫聲。

是皈依、是祝福、也是天恩

作為一個女子，如果要我指出中國近一千年來最可愛的男子，毫無疑義的，我會說，蘇東坡（而且，這樣儒雅曠達的男子，以後，也不會有了）。而，這個人，他的名字裡，便有個坡字。

《宋史》裡記載：

> 蘇軾與田父野老，築室於東坡，自號東坡居士。

這片東方坡地，是在黃州，黃州是湖北的窮鄉僻壤，然而蘇軾卻在此地定了他的字號，這廣為後人傳誦的字號（附帶一提的是，像「東坡肉」這種美食，也是在黃州實驗成功的，《寒食帖》這樣的好字，也是在這裡書寫的）。

在這個字號裡，詩人對自己沒有崇高的希望，沒有希聖希賢的大志，只有簡單的白描，描述一個人——也許是農人——生活在一片大地上，一片有些坡度的大地上。

是的，且不管才子不才子，他只願承認自己是一個人，一個乖乖去依傍土地的人，一個站在不值錢的坡丘上的人，一個與土地共生的人。

有人認為蘇軾的「東坡」是源自於唐人白居易的「東坡」，白居易在四川忠縣為刺史時，曾買樹苗到城東山坡上去栽種，不料這一種不得了，竟種出愛意和流連來了，他在多首詩裡曾一再記錄他和東邊坡地的感情：

1. 持錢買花樹　城東坡上栽
2. 東坡春日暮　樹木今何如
3. 朝上東坡步　夕上東坡步　東坡何所愛，愛此新成樹
4. 何處殷勤重回首　東坡桃李新種成

台上的舞者，未必嫻知大詩人白居易的花樹之坡，或蘇東坡的平居之坡，他們只是那樣自然的暗相扣合，扣合於生命的基本需求。他們無非想皈依，像信徒皈依宗教，他們都皈依了像女體一樣柔和起伏的坡丘。

「坡」字暗含著人世的艱辛，所謂「地無三尺平」其實便是貧窮的「人無三兩銀」的等

義詞。坡丘之地是不利耕作的，平原才是豐饒的。但如果換個角度想，在團團如一粒青柚的地球上，每一原野，每一汪洋，都只由弧度構成，地平面和海平面都是概念中的字眼。就實質而言，這球表之上「何處不坡」啊！

所以，那不利耕作的坡丘其實格外是上天的祝福，大地既是地母，怎可只有一副平平板板的身骨？那些丘陵和坡谷其實正是森林的故鄉，魚鳥百獸的淵藪呢！奔衝而上，俯衝而下，舞者一遍遍追逐嬉戲。方其上揚，如清風之飄舉，方其滑墜，如急澗之跳脫靈動。

從幾何學上看，坡丘是膨漲，是在同樣的平面面積上造成的擴張，是無端多出來的天恩。

啊，願舞台上的舞者各有其奔逐雀躍的坡丘。如顏氏徵在，有她祈禱的坡丘。如白居易，有他造林的坡丘。如蘇東坡，有他安身立命並以之自我命名的坡丘。

——原載八十七年十二月號《表演藝術》雜誌

春水初泮的身體

——觀雲門《水月》演出

朋友的朋友，是個傑出的蒙古年輕學者。有一次，有人讚美蒙古族人能歌善舞，他憤然，說：

「哼！請問什麼人才跳舞給別人看？你看過皇帝跳舞給別人看的嗎？」

言下之意，當權者都是看人跳舞的——而跳舞給人看的，其實都是倒霉的弱勢人。

我聞此言，乍然楞住，不知該說什麼。他顯然對自己的民族有悲情，有悲情的人你大概很難跟他爭辯。

上天選中的「特權份子」

可是，從那次以後，每逢舞蹈演出，我都睜大眼睛，因為我急於知道，那些舞者——或者說，那些跳舞給別人看的人——是不是弱勢的次等人。於是，我看藏人之舞，我看白族之舞，我看峇里島之舞，我看平劇崑劇中的舞動系列，我看芭蕾，我看瑪莎葛蘭姆，我看雲

（雲門舞集提供，劉振祥攝影）

門……，當然，其中有些是錄影帶，有時也讀杜甫〈公孫大娘舞劍〉的詩，我試圖去碰撞世間一個一個舞者，想知道擁有那樣身體的人，是怎樣的身世？

如果，讓我遇見那憤懣的蒙古年輕學者，我想，我終於有一個結論可以奉告了：

「不！朋友，我想，你說的不對，在世間芸芸眾生中，唯舞者的身體是一副『被祝福的身體』！它們顫動如花，凋零如花，然而卻仍是蒙上天深深祝福的身體。也許，他們只是跳舞給人看的人——給皇帝看，或者給市井小民看——但能跳舞的人顯然是幸福的，他是上天選中的『特權份子』，他的酬勞便是得到一副『被祝福的身體』！」

是的，這蒙受祝福的身體：

它柔定，若靜懸的絲巾，復強悍如大野的朔風。

它延展，如千里相思不絕。它凝縮，如萬重不肯說破的憂愁。

它揚昇，如曉日之騰雲。它垂墜，如乍然中箭的鴻鵠。

它恆動，它亦恆靜。

它稚拙天真，柔弱而不事設防。它機敏詐譎，變化謊幻，如魑魅魍魎。

啊！世間怎會有這樣的身體！令人驚豔，令人嗟嘆。

有人慕財、有人慕德、有人慕權、有人慕才。但茫茫人間，短短身世，真正值得渴想思慕的，無非是這般蒙上天祝福的身體啊！

天神住在舞者的四肢和呼吸裡

上古「巫」「舞」不分，舞者的身體一向被視為詭奇的，有神靈相附的。與其說，神明住在神聖華美的殿堂裡，不如說，天神更愛住在舞者的四肢和呼吸裡。

去看雲門的新舞《水月》，坐下來的時候，忽然覺得歲歲年年，自己已在舞集的幕前整整守

（雲門舞集提供，鄧惠恩攝影）

了二十五年了。而此刻，舞者如晨光中的白荷，緩緩展開自己，只是展開，再無其他。於是我們忽然覺得那些激情的故事或迭起的情節都是前世的事了。連早期舞碼裡那些鷹揚的人物，亮眼的道具，也一併從記憶裡消失。所有的視線，今夕都全然回歸到舞者的身體上。

許久以來，我們已習慣把身體定位為「固態」的。但今晚，舞者卻令它恢復為「液態」。「固態」是膠著的，殭滯的，如崔嵬冰岩。但此刻冰岩消融，如春水之初泮，並且澌澌然流佈四方。

啊！那汩汩而流的身體。那嘩嘩然如小河按歌的身體。那圓柔無憾的身體。那喜悅無求的身體。那自在任真的身體。那純淨了然的身體。

如果說，人體有百分之七十的成份是水，則舞者體內的水必是輕吻著海沙的潮汐，是生態豐富的沼澤，是暗夜中靜靜自墜的淚滴，是深情眷眷的欲雨濕雲，是喜悅的眼波，是一捧老茶盞上裊裊漫起的煙氣。

彷彿嬰兒，一無所有，卻自有其赤子柔弱而又一無畏懼的身體。被神所祝福，被人所讚嘆。

啊！為這美麗柔和的身體，我願意再守候二十五年。

——原載八十八年一月號《表演藝術》雜誌

跋

1

好久沒出散文集了，所謂好久，也就是說從民國七十七年出了《從你美麗的流域》就一直沒出了。這其間其實也有些出版物問世，例如：

1.玉想
2.我知道你是誰
3.這杯咖啡的溫度剛好
4.你的側影好美

其中第一本比較傾向美學論析，其他三本則是報紙專欄。對報紙編輯而言，設立專欄等於在固定的版圖上有固定的人為你荷槍戍守，當然是省心省事的做法。但對作者而言，則不免是嚴酷的考驗，弄得不好，會把自己變成一隻定時出現的「報時小鳥」，很乖，很可靠，卻不一定唱出好歌來。

專欄的篇幅短，常是八百字或一千字，世上當然沒有一條法律說，一千字內一定寫不出好文章。但人在框架內，總懷疑自己沒有把該說的話說好。

正常的散文其實偶然也寫，但七零八落不好好收撿，不久就潰不成軍了。重新收編這種事，其困難的程度，簡直像岳飛說的「待重頭收拾舊山河」。

因為煩困，就不想去碰。而愈不碰，就愈煩困。

回想起來，從前的我，是清清楚楚的，什麼資料什麼文件在哪裡，憑記憶即可手到擒來。而現在的我也算清楚，因為我建立了三百個資料夾和一百個收納櫃來分類。可是，中間那段歲月，我自以為記憶仍好，所以仍然隨手放東西，我的某些資料就這樣憑空消失了。

譬如說，有一篇文章寫一隻狗和他的主人心理學者，我就找牠不到了。還有一篇寫桐花的，好像也就平白跟著那年的落瓣一起飄逸無蹤了。如今電腦檔案如此精密，連一千元的稿費大概也逃不過國稅局的監控，但一篇文章跑到哪裡去了，卻像海報上的失蹤小孩，怎麼找也找不到。

唉，不知道警察局受理不受理「失蹤文章」的案件？

往者不可諫，來者猶可追，我以後會改過，好好整理自己的作品。

不過有時想想，誰又規定身為作者就必須好好整理自己？有本事的人自有人來整理你。沒本事，整理了也枉然。這麼想想，也就決定對自己寬大一點，無條件的饒恕了自己。

至於十五年才出一本書，不免挨好心的畏友（可畏的朋友）罵，但出書多少是一種「禍棗殃梨」的行為，能少做，未必不是好事。

2

不知傳染了一種什麼病毒，忽然「在上者」口徑一致叫大家學英文，連自謂「我的英文很爛」的游錫堃院長也要人家學英文。他連「爛」字也不會說，把 My English is very poor 說成了 My English is very bad。

一個人多會一種語文並不壞，反正「藝多不壓身」嘛，多才多藝也是好事一樁。但不會英文如今就必須沒有生存權了嗎？

這種舉國若狂，拿高薪去請外籍語文教師，打算訂英文為官方語言，並且教師用英文上課，一學期下來可以多得幾萬獎金……這種事，讓人覺得又回到滿清末年，覺得洋槍洋炮又轟轟隆隆地打來了。但這一次拿洋槍洋炮掃射我們的凶手卻是我們自己的吃民脂民膏的官員！

怎麼就沒有一個有出息的人敢說：

「我們來努力把中文學好，我們來把中文寫好，我們讓全世界來尊敬中文。」

我敢預言，百分之九十九的人，英文是學不好的。至於英文學得很好的人，其中百分之九十九會跑去做美國公民。至於那些半吊子的英文學徒，是英文沒學好，中文也砸爛了。

英國二次世界大戰時期的邱吉爾，十分以他的拉丁文不好為榮。可是，當他用自己的語言作出那麼鏗鏘有力的演說，真能頑廉懦立驚天泣鬼。那種一句一淚，字字珠璣卻又大氣凜然足以千古的語言，難道能從父母以外的舌頭學會嗎？

至於半吊子英文（像我這種——不過，比游院長的略好），隨便學學就可以了，留點力氣來愛自己的文學吧！那才是我們安身立命的根本啊！

3

我要去美國的H城演講。

有人知道此事，但不太了解我是何許人也，便向我的兒子打聽：

「你的媽媽，她寫的，是哪一種文學呀？」

我的兒子讀化學，於文學算門外漢，於是他回答：

「我媽寫的，就是文學啊！」

「到底是什麼文學？」

「就是文學呀！」

我想我兒的詮釋不錯，我就以此自勉吧！

九十二．春

跋後：

1. 可不可以，親愛的讀者，請你也好好看看這本書的封面。（編註）那是我友金恆鑣的攝影，拍的是泥土的切片。大約是十幾年前吧，我厚著臉皮向他要來的（不然，怎麼辦？又沒地方可買），我把它掛在研究室裡，原來我立足的大地是如此美麗，我時時為之驚豔。

2. 也謝謝慕蓉的序。戰亂和流離剝奪了許多人生命中的基本福祉。例如，我就無緣看到我的外公，早在我出生前他已死於轟炸。但也有好事，因為非如此我就不可能遇上來自千里之外草原上的奇女子慕蓉。

也許我孤陋寡聞，但歷數周秦漢唐宋元明清，胡人女子為漢人女子的文集寫序的事，這大概是第一樁吧？胡人男子和漢人男子打了三千年，胡人女子卻和漢人女子成為莫逆，世上還有比這更好的事嗎？

3. 謝謝蔣勳為我寫的書名題簽，他的母親在春初安息，此刻則已是暮春近夏了。我原不忍打擾他的傷慟，但又實在無法忍受電腦弄出來的所謂的字，感激他肯拔筆相助，讓我想起我們十年前的北大漠之行。在那幕天蓆地的蒙古草原上，他的歌聲破空而至，如花雨，如鶴唳，令人悠然意遠。

編註：二〇一三年初版封面，請見二〇一九新版封底。

張　曉　風　作　品　集　1　3

星星都已經到齊了

國家圖書館出版品預行編目（CIP）資料

星星都已經到齊了 / 張曉風著 . -- 初版 . --
臺北市 : 九歌 , 2019.3
面 ;　公分 . -- (張曉風作品集 ; 13)
ISBN 978-986-450-233-2（平裝）

855　　107019263

作　　者——張曉風
創 辦 人——蔡文甫
發 行 人——蔡澤玉
出版發行——九歌出版社有限公司
臺北市八德路 3 段 12 巷 57 弄 40 號
電話 / 25776564 傳真 / 25789205
郵政劃撥 / 0112295-1

九歌文學網　www.chiuko.com.tw

印　　刷——晨捷印製股份有限公司
法律顧問——龍躍天律師 ・ 蕭雄淋律師 ・ 董安丹律師
初　　版——2013 年 5 月 10 日
增訂新版——2019 年 3 月
增訂新版 2 印——2022 年 3 月

定　　價——320 元
書　　號——0110113
I S B N——978-986-450-233-2

（缺頁、破損或裝訂錯誤，請寄回本公司更換）
版權所有 ・ 翻印必究　　Printed in Taiwan